KB073041

백미가

천선지가

FANTASTIC ORIENTAL HEROES

천선지가 2

백미가 新무협 판타지 소설

초판 1쇄 찍은 날 § 2014년 1월 20일
초판 1쇄 펴낸 날 § 2014년 1월 27일

지은이 § 백미가
펴낸이 § 서경석

편집부장 § 권태완
편집책임 § 박은정
디자인 § 이거일

펴낸곳 § 도서출판 청어람
등록번호 § 제1081-1-89호
등록일자 § 1999. 5. 31
어람번호 § 제2-2454호

주소 § 경기도 부천시 원미구 심곡2동 163-2 서경B/D 3F (우) 420-822
전화 § 032-656-4452팩스 § 032-656-4453
http://www.chungeoram.com
E-mail § chungeorambook@daum.net

ⓒ 백미가, 2013

ISBN 978-89-251-3681-3 04810
ISBN 978-89-251-3679-0 (세트)

백미가 新무협 판타지 소설

FANTASTIC ORIENTAL HEROES

2

천선지가

도서출판 청어람

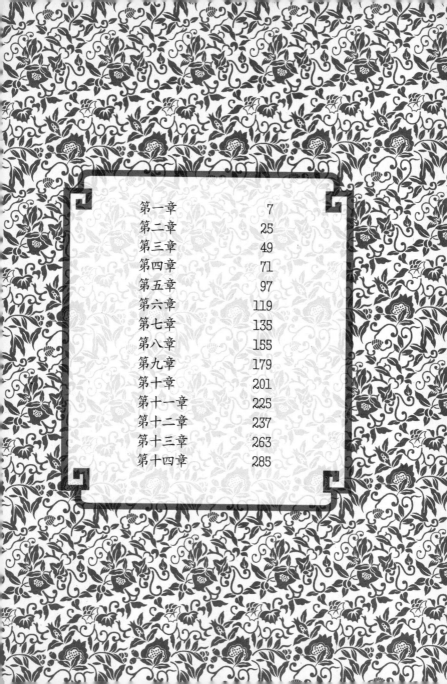

第一章

"헉헉! 헉헉!"

노인과 청양의 대화를 뒤로한 채 서연은 바닥에 엎드려 가쁜 숨을 크게 내쉬고 있었다.

"공자님, 괜찮으십니까?"

그런 서연의 상태가 걱정스러운지 표양이 얼른 다가와 물었지만 서연은 당장은 숨 쉬기가 힘든지 가쁜 숨을 내쉬고 있을 뿐이다.

그러길 한참, 마침내 안정이 되었는지 서연이 표양을 향해 말했다.

"슈! 하! 괜찮아요. 이제야 살 만하네요."

"어찌 이리 나서신 겁니까? 강호의 일은 끼어드는 게 아니라고 누차 말씀드렸는데도…….

표양은 서연이 괜찮아 보이자 그제야 안심하며 서연을 나무랐다.

"그게… 저분 상태가 위중해서 나도 모르게 그만……. 걱정하셨다면 죄송해요."

"아, 그나저나 어찌 된 영문입니까? 철 대롱이 가슴에 꽂혔는데 오히려 상태가 안정되다니."

표양은 조일상의 상태가 안정된 것이 신기한 듯 물었다.

그러나 그에 대한 대답은 서연이 아니라 다른 이에게서 나왔다.

"숨구멍이다."

바로 갈의노인이었다.

"숨구멍이라니 무슨 말이십니까, 어르신?"

갈의노인의 말에 아직도 찌릿한 팔을 잠시 주무르던 청양이 물었다.

"폐가 다쳐 제 역할을 못하니 호흡으로 들어온 공기가 밖으로 나가지 못해 네놈 사제가 위중해진 것이야. 그러니 강제로 숨구멍을 만들어 공기를 빼낸 게지. 저 터무니없는 것으로 말이야."

갈의노인은 서연이 한 해괴한 행동을 다 짐작하는 듯 말
했지만 차분한 말투와는 다르게 속으로 크게 놀라고 있었
다.

'이런 해괴한 치료는 듣도 보지 못했다. 미리 저런 걸 준비
한 걸로 보아 이런 상황을 대비했단 말일 터. 신기한 놈일세.
어디서 이런 놈이……'

노인은 그런 생각을 하며 서연을 빤히 쳐다보았다.

그런 눈길을 바라보며 서연이 노인에게 감사의 인사를 했
다.

"감사합니다, 할아버지."

청양의 손속에서 풀어준 데에 대한 감사였다.

"클, 정녕 감사하더냐?"

"네, 당연히……."

"클클, 그럼 대가를 내놔야지. 한 냥이다."

"네? 그게 무슨……?"

노인의 갑작스런 말에 서연은 어리둥절했다.

그런 모습을 재미있다는 듯 보던 노인은 특유의 웃음소리
와 함께 서연의 허리춤에 있던 전낭을 빼갔다.

"헉! 무슨 짓이에요?"

전낭을 빼가는 노인의 손속이 어찌나 빠른지 서연은 반응
조차 못했다.

할 수 있는 거라곤 그저 놀라 소리를 지르는 것밖에 없었다.

"클클, 내가 한 냥 이상 빼갈까 봐 그러느냐? 옛다, 이놈아. 정확히 한 냥이다."

서연의 태도가 재미있는지 노인은 계속 웃으면서 능숙한 손길로 전낭에서 한 냥을 빼 들었다. 그리곤 이내 서연에게 전낭을 던졌다.

착!

서연은 그렇게 날아오는 전낭을 그저 받을 수밖에 없었다.

그러자 노인은 서연에게 더 이상 관심이 없는지 조일상의 상태를 살피기 시작했다.

"이게 무슨……."

"어르신께서 공자가 맘에 드신 모양일세."

노인의 괴팍한 행동 때문에 서연이 멍하니 있자 누군가가 서연에게 다가서며 말했다.

누군지 싶어 바라보니 그는 좀 전까지 청운에게 호통을 치던 백원이었다.

"아, 백원 진인이라고 하셨나요?"

서연은 아까 청운이 백원 사숙이라고 부르던 것이 떠올라 물었다.

"내가 무슨… 진인이겠는가? 종남의 백원이라는 도사라네."

"네, 그런데 어찌해서 그런 말씀을……?"

진인이라는 말은 도사 중에서도 깨달음을 얻는 이를 칭하는 말인지라 백원은 그 말이 부담스러운 모양이었다.

그렇게 잠시 겸양의 모습을 보이던 그는 자신을 소개했다.

서연은 그의 정체보다는 그전에 한 말이 신경 쓰이는지 물었다.

"아, 어르신 말인가? 본시 저분께선 무슨 일을 하시든지 대가를 받는 걸로 유명하시다네. 그것도 상대가 빈털터리가 되게 말일세. 근데 내가 저분을 본 후 처음으로 이렇게 한 냥만 빼가는 것이네. 아마 자네가 마음에 드신 게야."

'대가라……. 아, 그럼 설마…….'

"그럼 저분이 혹시…….'"

서연은 대가라는 말에 문득 괴의가 떠올랐다.

그래서 그것을 확인할 겸 백원에게 물어보려 하였으나 이내 들리는 말소리에 말을 이을 수가 없었다.

"이놈, 백원아! 뭘 그리 노닥거리고 있느냐? 네놈 사질을 여기서 치료할 셈이더냐? 이놈이 양학이 놈 아들이라니 그리로 가자구나. 네놈들은 뭐하느냐? 얼른 네놈 사제들 옮길 준비를 하지 않고."

그렇게 종남파 일행을 타박하는 이는 갈의노인이었다.

길바닥에서 치료하기에는 무리가 있기에 얼른 환자를 옮기자는 것이다.

"아, 공자, 미안하네. 일단 사질부터 옮겨야겠구만."

백원은 노인의 성화 때문에 서연의 질문에는 대답치 않고 조일상을 옮길 차비를 서둘렀다.

상황이 그렇게 변해 가자 서연은 그저 멍하니 그들을 바라볼 수밖에 없었다.

그러나 이곳에는 서연보다 더 어이가 없는 이가 한 명 있었다.

그는 바로 좀 전까지 청운과 함께 이곳 객잔의 분위기를 주도하던 위지강이었다.

갈의노인과 서연이 등장하자 잠시 세인들의 관심에서 멀어진 것이다.

무시당했단 기분 때문일까?

그는 두 손을 부들부들 떨며 화를 식히고 있었는데, 이들이 끝까지 자신을 무시하고는 자리를 뜨려고 하자 이대로 보낼 맘이 없는지 나서려고 했다.

"지금 이게 무슨 장난……."

그러나 위지강의 그런 시도는 막히고 말았다.

호통과 함께 나서려는 찰나 그를 매섭게 쏘아보는 갈의노인의 눈초리 때문이었다.

"오호, 그러고 보니 네 녀석들도 있었구나. 뭐하누. 네놈들
도 따라와야지."

그렇게 위지강을 눈빛 하나로 틀어막은 갈의노인은 의외
의 말을 꺼냈다.

그런 그의 말하는 네놈들이란 말에는 위지강뿐만 아니라
서연 또한 포함되어 있었다.

*   *   *

"그러니까 일상이 녀석이 그 서역 여인의 면사모를 함부로
벗기고 조롱했다는 말인가?"

그렇게 말하는 이는 쓰러진 조일상의 아버지인 조양학이
었다.

조양학은 아들이 이렇게 갑작스레 쓰러진 연유가 궁금해
물어왔다.

"그렇다네. 이게 다 일상이 녀석을 제대로 가르치지 못한
내 탓일세."

조양학의 물음에 대답한 이는 백원이었다.

둘은 본산 제자와 속가제자로 그 신분에 차이가 있지만 어
린 시절 함께 수학한 동문이기에 사석에선 이렇게 말을 편히

했다.

"그게 어째서 자네 탓인가? 어미 없이 자라는 것이 불쌍해 오냐오냐 키운 내 탓이지."

조양학과 백원이 말을 하는 이곳은 조가장의 안쪽에 위치한 본채로 바로 조일상의 거처였다.

그를 증명하듯 이곳 침상 위에는 조일상이 죽은 듯이 누워 있었다.

그런 그의 옆에는 갈의노인과 그의 세 사형제가 치료를 위해서 분주히 움직이고 있었다.

이상하게도 서연 일행과 위지강 일행은 보이지 않았다.

이는 조가장주인 조양학이 그들을 이곳이 아닌 손님들이 머무는 다른 별채로 안내했기 때문이다.

그러길 잠시, 갈의노인이 치료가 대충 마무리되었는지 일어서자 조양학이 급히 물었다.

"어르신, 일상이는 괜찮은 겁니까?"

"클클, 천하의 섬서일쾌도 아들 앞에선 별수 없구만. 걱정 말거라. 대충 보름 정도 정양하면 나을 것이니. 물론 내가 치료한다는 가정 하에 말이지."

섬서일쾌라 불릴 만큼 강호상에서도 유명한 쾌검의 소유자인 조양학은 평소 차분하고 조용한 성격의 소유자였다.

그런 그도 아들의 위태로움 앞에선 별수 없어 보였다.

그가 평소와는 다르게 약간의 호들갑을 떨자 갈의노인이 농을 건넨 것이다.

"어르신, 정말 괜찮은 겁니까?"

"걱정 말게나. 어르신 말처럼 아까와는 다르게 매우 안정되어 보이니."

괜찮다는 말에도 조양학은 걱정이 되는 모양이었다.

그러자 이번엔 백원이 나서서 그에게 안심이 될 만한 말을 건넸다.

"휴, 다행입니다. 그 사람이 죽고 남은 하나뿐인 아들인지라……."

조양학은 그제야 안심이 되는지 누워 있는 아들의 머릿결을 쓰다듬으며 말했다.

그런 모습이 노인을 자극했다.

"쯧쯧, 네놈이 그렇게 싸고도니 아들이 그 모양 그 꼴이 아니더냐?"

"안 그래도 이번에 일상이 녀석이 깨어나면 크게 혼쭐을 낼 생각입니다. 그런데 어르신, 일상이를 이리 만든 그 녀석은 어찌해서 데려온 겁니까?"

조양학은 이번 기회에 아들을 크게 혼낼 각오를 했다.

이미 백원을 통해서 객잔의 일을 상세히 들었기 때문에 시비의 잘못이 그의 아들에게 있음을 안 것이다.

그러나 한편으론 자신의 아들을 이리 만든 그놈에게 화가 절로 일었다.

더군다나 그놈의 가문이 떠오르자 더더욱 그럴 수밖에 없었다.

그놈의 가문은 사문의 철천지원수라 불릴 만한 곳이다.

그가 말하는 그놈은 바로 위지강으로 조양학은 위지강을 데려온 노인의 처사가 영 맘에 들지 않았다.

"왜? 그놈이 마교의 종자라서 그러느냐?"

"단순한 마교의 종자가 아닙니다. 청운의 말대로라면 그 무공, 틀림없이 자전마공입니다. 그렇다면 그놈은 천산 위지가… 그 저주받을 자전마왕의 후예가 아니겠습니까?"

조양학의 말에서 위지강의 정체가 드러났다.

이를 통해서 이들이 왜 그렇게 위지강에게 적대적인지 알 수가 있었다.

마교와 구파일방을 비롯한 정파는 서로 대립 관계임은 틀림없지만 당금에는 상호불가침협약을 맺고 있었다.

고로 이들의 크나큰 적대감이 의외였지만 이에는 그만한 연유가 있었다.

오십 년 전 강호엔 크나큰 사건이 벌어졌다. 바로 천마신교의 중원 대침공이다.

당시 천마신교는 병력을 세 갈래로 나누어 중원을 파죽지

세로 침공하였다.

그런 천마신교의 세력 중에서 이곳 섬서 땅으로 들어선 것이 자전마왕을 필두로 한 천산 위지가의 세력이었다.

섬서의 터줏대감인 종남은 당연히 이들의 침입을 막기 위해 나섰다. 그리고 이어진 전면전.

그 결과는 아쉽게도 종남의 패배였고, 종남은 그 명맥이라도 잇기 위해서 봉문을 선택할 수밖에 없었다.

이때 희생된 문도의 수만 해도 수백.

지난 오십 년간 내실을 다지면서 전력을 거의 복구했지만 아직도 종남의 무인들은 그날의 치욕을 기억하며 치를 떨었다.

더군다나 청운의 말에 따르면 그 위지강이란 소년은 당시 섬서를 침탈한 자전마왕의 직속 후예가 틀림없었다.

당연히 조양학은 그에게 적대감을 느낄 수밖에 없었다.

"그렇다면 어쩔 거냐? 협약을 깨고 그놈을 잡아 족치기라도 하겠다는 게야?"

"아니, 언제 협약을 깨겠다고 했습니까? 다만 그곳의 종자를 내 집에 들이기가 싫을 뿐입니다. 이곳에 무슨 목적으로 온 것인지도 애매한데. 혹시 난동이라도 피운다면……."

둘이 말하는 협약이란 앞에 말한 대로 천마신교와 중원무림 간의 상호불가침협약을 말함이다.

오십 년 전 파죽지세로 중원을 침탈하던 천마신교는 어느 날 돌연히 침탈을 멈췄다.

그리고 이해할 수 없는 일을 벌였다. 그것이 바로 협약이다.

지금까지의 은원을 잊고 서로에게 공격을 삼가자는 협약이었다.

천마신교에게 유린당한 중원에 그런 제안은 가뭄에 단비 같은 제안이었다.

당연히 중원은 그 제안을 받아들였고 많은 이가 음모라며 우려하는 상황과는 다르게 협약을 마치자 천마신교는 언제 그랬냐는 듯 다시 신강으로 돌아갔다.

천마신교의 귀환은 많은 이가 의아해했다.

아직도 그들이 왜 그런 행동을 했는지에 대해서는 아무도 모르고 있었다.

다만 확실한 건 그것이 당시 천마신교를 이끌던 천마의 선택이라는 것뿐이다.

그런 상황이니 협약의 이야기를 꺼내는 노인의 말에 조양학은 고개를 절레절레 흔들며 변명할 수밖에 없었다.

아무리 화가 난 그라고 해도 지난 오십 년간 강호의 평화를 지켜온 협약을 깰 수는 없었다.

다만 마교의 인물이 이 먼 정파의 구역까지 온 연유가 의심

되어 집안에 두기가 불편한 것이다.

"그런 걱정은 말거라. 그 녀석들이 왜 이곳을 찾았는지 알 만하니?"

"그들이 어찌해서 이곳을 찾은 겁니까?"

노인이 그 연유를 알고 있다 하니 이번엔 조양학이 아닌 백원이 궁금해 물었다.

"아마 날 찾아왔을 게다."

"아니, 어르신을요? 그곳의 인물이 어찌해서 어르신을 찾는단 말입니까?"

"네놈도 봤을 거 아니냐. 그 서역 처자의 얼굴 말이다."

"아, 그 처자의 치료를 위해서. 그런데 어르신께서 이곳에 계신 건 어찌 알고 온 걸까요?"

노인의 말에 백원은 그들의 목적은 알 수 있었으나 한 가지 의문이 생겼다.

눈앞의 노인은 강호상에서도 제법 유명한지라 찾는 이가 많아 일부러 몸을 숨기고 다니는 형편이다.

이곳에도 조양학이나 자신 정도가 아니면 노인의 정체를 아는 이가 없었다.

그 먼 곳에서 어찌 알고 노인을 찾아온 것인가? 당연히 궁금할 수밖에 없었다.

"그에는 그만한 연유가 있으니 네가 알 것은 없다."

"설마 어르신, 그곳과 관계가 있으신 겁니까? 정녕 그곳의 여인을 치료할 생각은 아니겠지요?"

노인의 말에 이번에는 조양학이 물었다.

그로서는 노인이 마교의 인물을 치료하는 것이 영 탐탁지 않았다.

물론 그 맘속에는 누워 있는 자신의 아들에게 노인이 집중해 주기를 바라는 맘도 있었다.

"갈! 네놈들이 정파니 마교니 하며 치고받는 건 나와는 상관없는 일이다. 그리고 그곳과 관계가 있으면 네놈이 어쩔 게냐? 의원은 오직 환자와 그 병세만을 볼 뿐이다."

"죄송합니다, 어르신. 제가 잠시 실언을……."

조양학의 말에서 작은 이기심을 발견한 탓인지 노인은 크게 꾸짖었다.

그런 노인의 호통에 조양학 역시 자신의 실수를 깨달았는지 사과했다.

"어르신, 저 친구가 아들을 아끼는 아비의 맘에 잠시 실수를 한 것 같습니다. 용서해 주십시오."

갑자기 둘 사이가 냉랭해지자 백원이 급히 중재에 나섰다. 그제야 노인이 맘이 풀린 듯 말을 이었다.

"됐다. 저리 사과를 하니 된 게지. 그러나 다시 한 번 이따위 말을 한다면 내 너희를 다시는 안 볼 게야."

"네, 어르신. 죄송합니다. 그나저나 이제 어찌할 생각이십니까?"

화가 풀린 듯 말하는 노인의 엄포에 그의 맘이 바뀔까 조양학이 얼른 대꾸하며 물었다.

"뭐, 네 아들놈은 이제 안정되었으니 그놈들을 만나봐야지."

노인은 그의 물음에 이렇게 답하며 그들이 있을 별채로 발길을 옮겼다.

"그 여인, 운이 좋군요. 어르신의 치료를 받게 되다니……."

그렇게 별채로 향하는 괴의의 발걸음을 따르며 백원이 아부 섞인 말을 건넸다.

'글쎄. 그것을 그들이 가져왔다면 치료는 해야겠지. 그러나 그 치료를 꼭 내가 할 건지는 알 수가 없다. 간만에 재미있는 물건들이 강호에 들어왔구나. 클클.'

백원의 말에 괴의는 속으로 이렇게 생각하며 별채의 방문을 나섰다.

그의 손에는 좀 전까지 조일상의 가슴에 꽂혀 있던 철 대롱이 들려 있었다.

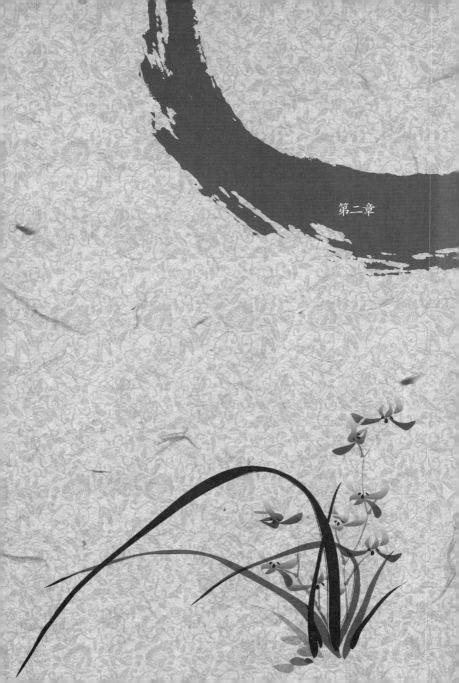

第二章

그렇게 조일상의 처소에서 괴의와 백원 일행이 말을 나눌
무렵, 이곳 별채의 분위기는 어색 그 자체였다.

괴의와 백원 일행이 조일상을 데리고 본채로 가자 남은 이
는 서연과 위지강의 일행뿐이었기 때문이다.

서로 모르는 사이이기에 이들은 끼리끼리 뭉쳐 서로 담소
를 나눌 뿐이다.

서로 인사라도 나눌 만했지만 연신 인상을 찡그리고 있는
누군가 때문에 그럴 분위가 못 되고 있었다.

"아씨! 유모, 내가 여기 왜 온 걸까?"

그 인상을 쓰고 있는 장본인인 위지강은 이해할 수 없다는 듯 유모인 나타샤에게 물었다.

"도련님께서 제 발로 오신 것을 왜 제게 물어보세요. 호호."

그렇게 툴툴대는 위지강이 귀여운지 나타샤가 웃으며 말했다.

그러나 그렇게 말하는 나타샤도 편한 마음은 아니었다.

이곳 조가장, 아니, 그들이 속한 종남파와 자신들 가문의 관계를 그녀도 잘 알고 있기 때문이다.

엄밀히 말하면 나타샤와 위지강은 적진의 한가운데 있는 것과 마찬가지였다.

"아, 그 늙은이에게 확인해 볼 것만 있지 않았어도……."

기실 객잔에서의 분위기대로라면 위지강이 노인의 초대에 응한 것은 정말 의외의 일이었다.

그러나 이에는 연유가 있었다.

바로 그 노인이 위지강과 나타샤가 찾는 인물이 아닌가 하는 의문이 들어서였다.

"그분이 맞는다고 해도 제 치료를 확실히 한다는 보장은 없잖아요. 그냥 돌아가요. 석 달 후에는 그것도 있는데……."

위지강과 나타샤가 그 인물을 찾는 연유는 물론 그녀의 치료 때문이었다.

나타샤는 자신 때문에 이렇게 연락도 없이 가문을 떠나 이곳까지 온 위지강에게 미안한 맘이 컸다.

더군다나 석 달 후에는 그가 꼭 참석해야 할 가문의 행사가 있었기에 이렇게 시간을 보내는 것이 영 답답했다.

"그만해. 백총관이 말했잖아. 그 사람 의술이면 충분하다고."

"하지만 치료라면 본가에서 해도 충분하잖아요. 이렇게 가출까지 할 필요는……."

"흥! 유모라면 치를 떠는 그 요녀가 있는데 뭐가 충분해? 하여튼 치료 전까지는 돌아갈 생각이 없으니 그리 알아."

"천한 이년의 목숨보다 석 달 뒤의 일이 더 중요하다는 건 공자님이 더 잘 아시잖아요. 백 총관님은 어쩌자고 그런 말을 하셔서……."

나타샤는 그렇게 자꾸 위지강에게 돌아갈 것을 권했다.

하지만 그는 요지부동, 치료가 끝나지 않고선 돌아갈 생각이 없어 보였다.

"내가 그 말 하지 말랬지? 천하다니, 유모의 어디가 천하다는 거야? 안 그래도 그 요녀가 그 말 할 때마다 사람 맘이 얼마나 무너지는데 유모마저 그럴 거야?"

위지강의 부모는 그가 열 살이 되던 해에 실종되었다.

그런 탓에 그는 그 후로 나타샤의 손에 길러졌다.

그래서인지 그는 나타샤를 어머니처럼 소중히 여기고 있었다.

그런데 그런 그녀가 말끝마다 천하다고 하니 속이 상한 것이다.

"흑! 도련님……."

그런 위지강의 마음을 어릴 적부터 키워온 나타샤가 어찌 모르겠는가?

그의 마음에 대답이라도 하듯 나타샤의 눈에서 한줄기 눈물이 흘러내렸다.

          *   *   *

"그건 그 형의 말이 맞는 것 같아요, 누나."

위지강과 나타샤의 눈물의 신파극은 누군가의 말에 의해 깨졌다.

물론 그 말의 주인공은 별채의 반대편에 있는 서연이었다.

서연은 위지강을 형이라고 불렀다.

비슷한 또래로 보이던 위지강이지만 자세히 살피니 남자의 상징인 수염도 아래턱에 드문드문 난 것이 이제 열다섯 살인 자신보다는 많아 보였기 때문이다.

실제로 위지강의 나이는 열일곱으로 그보단 두 살 위였다.

그리고 위지강의 유모라곤 하지만 나타샤도 이십대 중후반으로 보였기에 자연스레 누나라고 불렀다.

"응? 아까 귀여운 도련님이시네. 근데 그게 무슨 말이죠?"

한참 동안 눈물을 흘리던 나타샤는 그런 서연의 말에 눈물을 그치고 무슨 의미인지 물어왔다.

"이 형 말처럼 스스로를 천히 여겨선 안 된다는 말이에요. 누나 혹시 물이귀기이천인(物以貴己而踐人)이란 말을 아세요?"

"처음 들어보는데, 자신이 귀하다고 남을 천히 여기지 말라는 뜻인가요?"

서연의 물음에 나타사가 그 뜻을 정확히 해석했다.

스스로 천하다 여기는 것과는 다르게 어느 정도 배움이 있는 듯 보였다.

"네, 정확해요. 이는 강태공의 말씀인데, 누구인지는 모르지만 누나를 천하다 여기는 사람은 이런 옛 선인의 말도 지키지 못하는 소인배가 분명하니 그런 사람의 말은 귀담아듣지 마세요."

"명심보감에 수록된 글인가? 하나 그 해석이 참으로 제멋

대로구나."

서연의 말에 위지강이 알고 있는 문장인지 답했다.

"어, 형. 명심보감을 아세요?"

서연은 놀라 물었다.

이는 명심보감이 중국의 서책이 아니라 고려에서 만든 서책인 탓이다.

"내 어머니께서 고려 유민 출신이셨다. 오히려 내가 궁금하구나. 아직 어려 보이는 네가 어찌 어머니의 나라인 고려의 서책 명심보감을 알고 있느냐?"

그런 위지강의 역질문에 서연이 잠시 말을 머뭇거리자 누군가가 대신 답했다.

"그거야 우리 공자님이 그 유명한 사천소거인이시기 때문이지."

그는 바로 표양이었다.

그는 서연의 정체를 알았으니 위지강이나 나타샤가 놀랄거라 여기며 빤히 그들을 쳐다보았다.

그러나 저 멀리 신강에서 자라온 그들이 어찌 서연의 이야기를 들어보았겠는가?

표양의 기대와는 다르게 그들의 표정엔 아무런 변화가 없었다.

"사천소거인? 그게 뭐야? 유모는 알아?"

"아뇨, 도련님. 저도 잘……."

오히려 그들의 표정에 의문이 가득해졌다.

"대체 어디서 살았기에 사천소거인이란 말을 모를 수가 있수? 중원 사람 맞소?"

그들의 그런 표정 때문일까?

표양은 그렇게 말하며 서연에 관한 이야기를 주저리주저리 펼쳤다.

그제야 그들은 조금 놀란 듯 표정으로 서연을 보았다.

"와, 대단하시네요. 지금도 어리신데 삼 년 전이라면……."

"음, 처음 볼 때부터 먹물깨나 먹은 티가 나더니. 그 정도면 명심보감을 알 만도 하네."

이번에는 나타샤도, 성정이 오만한 위지강도 놀라운지 같이 말을 이었다.

"에이, 그만하세요. 별것도 아닌데. 그나저나 누나, 묻고 싶은 말이 있는데요."

서연은 그들이 칭찬을 해대자 무안한지 얼른 화제를 돌렸다.

"물어볼 말이라니, 그게 뭔가요?"

"다름이 아니라 누나와 형이 찾는 분이 혹시 괴의라는 분인가요?"

서연은 아까부터 느낀 의문점을 물었다.

"어, 어떻게 안 거냐? 우리가 그를 찾는 것을. 혹시 그와 친분이라도 있느냐?"

그런 서연의 질문에서 괴의에 대한 말이 나오자 성질 급한 위지강이 먼저 그를 닦달했다.

"뭐 만나 뵌 적은 없지만 친분이 없다고는 못하겠네요. 저도 그분을 뵈러 이곳까지 왔거든요."

"오호. 그럼 그의 거처도 알겠구나. 그곳이 어디냐?"

위지강은 서연의 입에서 자꾸 자신의 원하는 말이 나오자 신이 나 물었다.

사실 이곳까지 오면서 그를 찾을 수 있을까 막막했는데 이렇듯 끈이 생긴 듯하니 절로 흥이 난 것이다.

"네, 거처는 알고 있어요. 그러나 그곳을 찾을 필요는 없어 보이네요."

"그게 무슨 뜻이냐?"

"아마 거처에 안 계실 것 같거든요. 왜냐면 형이 예상한 대로 아까 그 갈색마의를 입으신 분이 괴의임에 틀림없으니까요."

"정말이냐? 그 늙은이가 괴의라고?"

아까 객잔에서는 정황이 없어 자세히 생각해 보지 못했지만 마지막의 백원이 말한 대가란 말이나 그의 외모 등등을 비교해 보니 할아버지인 장일이 말한 것과 일치하는 게 많았다.

"네, 틀림없어요."

"역시 이곳에 남아서 확인하길 잘했군. 그런데 천하삼대신의라는 작자가 그런 꼬장꼬장한 늙은이라니 영 미덥지가 않네."

좀 전까지만 해도 이곳에 온 것이 영 맘에 들지 않은 위지강이었으나 그가 괴의라는 말에 금세 기분이 풀렸다.

한편으로는 그의 꼬장꼬장한 외모 탓에 삼대신의라 불릴 만큼 높은 의술을 지녔는지 의문이 생겼다.

"클클, 꼬장꼬장해서 미안하구먼. 그런데 네놈은 치료를 부탁하러 온 놈이 맞더냐? 그런 소리를 하고서 치료를 바라는 것은 아니겠지?"

갑자기 들리는 소리에 서연과 위지강 일행은 급히 그 위치를 찾았다.

그러자 별채의 입구에 괴의와 일행이 서 있다.

"흥! 노인네, 정말 괴의가 맞아?"

치료를 거부할 듯한 엄포에 당황할 만도 하건만 위지강의 태도엔 변함이 없었다.

"클클, 위지가의 자식 아니랄까 봐 그 성질머리 한번 고약하구나. 네놈, 위지청 놈과는 어떤 관계냐?"

"어, 우리 영감탱이랑 친해? 이름까지 아네?"

"역시 그놈 손주였군. 어찌 그를 모르겠느냐? 이곳에선 삼

척동자도 다 아는 것이 자전마왕인데 말이다."

위지강의 질문에 괴의가 대답을 했다.

그의 말에서 자전마왕이라는 소리가 나오자 표양이 크게 놀라 외쳤다.

"위지청… 자전마왕? 그렇다면 저 소년이 마교의……?"

*　　　*　　　*

별채에 잠시 적막이 흘렀다.

물론 이는 괴의의 말 때문이다.

서연과 표양은 좀 전까지 이야기를 나누던 이들이 그 악명 높은 마교의 인물이란 것에 놀랐다.

그리고 나타샤는 그녀 나름대로 적지인 이곳에서 자신들의 정체가 들킨 것에 놀란 것이었다.

다만 위지강만은 달랐다.

조부의 이름을 물어오는 괴의의 말에 이미 상황을 짐작한 것이다.

다만 이렇게 대놓고 그걸 밝힐 줄은 몰랐지만 말이다.

"저놈이 마교의 종자였다니……."

놀랄 만큼 놀란 탓일까?

어느새 정신을 추스른 표양이 위지강을 가리키며 말했다.

그러나 이전과는 다르게 그의 말투에서 위지강에 대한 강한 적의가 느껴졌다.

그것이 서연의 호기심을 불러일으켰다.

"표 표사 아저씨?"

서연은 그런 표양의 태도 변화에 순간 당황했다.

물론 마교라는 곳이 전생의 무협소설에서 보던 바와 같이 그리 좋은 이미지는 아니지만 관부에 배경을 둔 사천표국의 입장에서는 그렇게 적대할 만한 상황도 아니었다.

"아, 죄송합니다, 공자님!"

"괜찮아요. 한데 왜 그렇게 갑자기……?"

"제가 저들에게 적의를 품은 까닭 말입니까? 그건 저들이 자전마왕과 관계되어 있기 때문입니다."

"아니, 도대체 자전마왕이 누구기에……?"

표양의 말에 서연은 도대체 자전마왕이라는 자가 어떤 인물이기에 그가 이렇게 적의를 품는 것인지 궁금해졌다.

"허, 자전마왕을 모르십니까? 그 저주받은 자전마대의 주인을요."

그런 서연의 물음에 표양은 한숨을 내쉬었다.

새삼 서연이 강호와는 무관한 학방 도령임을 깨달았다.

그리고는 자신이 아는 자전마왕과 자전마대에 대해서 설명하기 시작했다.

"네? 그게 정말이세요? 어찌 그런 악독한 짓을⋯⋯."

그의 말을 따르면 오십 년 전 종남파의 결사대마저 무너뜨린 자전마왕과 자전마대는 그 후 손쉽게 섬서성으로 들어섰다고 했다.

하나 종남파의 분전이 문제였던가?

그들은 그에 대한 화를 이곳 섬서성에서 풀었다는 것이다.

이들의 이런 행동에 무림인뿐만 아니라 일반 백성들까지 크게 피해를 보고 수탈당했다고 하니 서연으로선 인상을 찌푸릴 수밖에 없었다

"흥! 할아버님과 자전마대가 그랬을 리가 없다."

그런 표양의 설명에 위지강이 콧방귀를 뀌며 말했다.

그가 아는 자신의 조부는 다혈질이긴 하지만 신교에 대한 자부심이 깊었다.

그런 그가 그런 약탈을 했다니 결코 믿을 수가 없었다.

"당시에 태어나지도 않은 네놈이 뭘 안다고 그러느냐? 그렇게 수탈당한 백성 중엔 내 조부모님도 계시다. 그분들이 그럼 거짓을 말했다는 것이냐?"

표양은 자신의 말에 사과라도 할 줄 알았던 위지강이 오히려 성질을 내자 화가 나 물었다.

"그들이 거짓을 말했는지는 모르지만 내가 아는 조부님께

선 무인으로서 기개와 명예를 중요시하는 분이다. 너야말로 뵌 적도 없는 분을 그렇게 매도하지 마라.”

위지강도 대충은 신교의 인물들이 이곳에서 패악을 저질렀음은 알 수 있었다.

그러나 아무래 생각해도 그의 조부가 그런 명령을 내렸다고는 생각할 수 없었다.

“역시 마왕 놈의 종자가 확실하구나. 이런 명백한 사실에도 발뺌을 하다니…….”

표양은 무조건 아니라는 위지강의 대답에 점점 화가 올라오기 시작했다.

“자전마왕이 그런 성격이 아니라는 데는 나도 동의한다네.”

뜻밖의 목소리가 들리자 표양은 누군지 살폈다. 그 목소리의 주인공은 다름 아닌 백원이었다.

“아니, 진인, 그게 무슨 말씀이십니까?”

“사실 자전마왕은 우리 종남의 철천지원수이기도 하지만 한편으로는 은인이기도 하다네.”

“네? 은인이라니요?”

뜻밖에 대답에 표양이 궁금해하자 백원이 자신이 아는 바를 설명하기 시작했다.

*   *   *

그의 말을 요약하자면 천마신교의 중원 침공 당시 패배한 종남의 무인들을 살려주고 봉문을 할 수 있게 도와준 이가 자전마왕이라는 것이다.

당시 자전마왕의 앞을 막아선 이는 종남의 장문인인 운현 진인이었다.

근 삼 일간에 걸친 싸움에서 자전마왕은 운현 진인의 분투에 크게 감탄했다고 한다.

그 때문에 수하들의 반대에도 불구하고 그는 종남의 봉문을 인정하고 무인들을 살려준 것이다.

백원은 그렇게 자신이 아는 바를 일행에게 설명했다.

"그러나 그들이 당시에 백성을 수탈한 것 또한 사실이 아닙니까?"

백원의 말을 듣던 표양은 그래도 인정할 수 없다며 말을 이었다.

누가 뭐래도 자신의 조부모님이 당시에 마교에 의해 수탈당한 건 사실이기 때문이다.

"사실 수탈 당시 종남은 봉문 상태라 자세한 걸 알 수가 없었네. 그래서 나도 그가 그런 악명을 얻은 것이 항시 이해할 수가 없었다네."

백원 또한 당시의 상황을 알지 못하니 그런 표양의 말에 반박할 거리가 없었다.

"그 당시의 일은 제가 알고 있어요."

그런 백원의 의문에 답한 건 뜻밖의 인물이었다.

"아니, 처자가 어찌 그 당시의 일을……."

그렇게 말한 이는 나타샤였다.

아직 젊어 보이는 그녀가 당시의 일을 알고 있다는 소리에 백원은 짐짓 놀랄 수밖에 없었다.

"유모는 본가에서 어릴 적부터 일을 했으니 어디서 들었을 수도 있겠지. 유모, 대체 어찌 된 일이야?"

백원의 그런 모습에 이번엔 위지강이 나섰다.

그의 말에 나타샤가 알 수도 있겠구나 하는 생각도 들었다.

나타샤가 그녀가 아는 바를 이야기했다.

"그렇다면 당시에 수탈한 것은 강이 형의 조부님이 아니란 말이군요?"

"네. 큰어르신께서는 당시 종남을 전멸시키지 않았다는 이유로 대주의 자리에서 물러나셨으니까요."

나타샤의 말을 들은 서연이 그녀에게 물었다.

그녀의 말에 따르면 당시 백성들을 수탈한 것은 위지강의 조부가 아니었다.

침공 당시에는 선공대를 이끌던 그였지만 종남의 봉문 이

후로는 대주 자리에서 물러날 수밖에 없었던 모양이다.

그 후로 대주에 오른 이가 바로 백성을 수탈한 장본인이었다.

"그리된 거군. 유모, 그럼 할아버지를 대신해서 대주가 된 자가 사기태 그 늙은이야?"

"네. 온갖 악명은 큰어른께 다 미루고 실리만 챙긴 거죠."

"그랬군. 사기태 이 씹어 먹을 늙은이. 신교인의 긍지도 버리고 그런 일을 저지르다니."

"아니, 사기태라면 적염마가 아닌가? 홍산사가의 태상가주인……."

나타샤와 위지강의 대화에서 사기태란 이름이 나오자 백원이 놀라 물었다.

사기태는 마교의 기둥인 오대마가 중 홍산사가의 태상가주로 별호는 적염마라 불렸다.

"홍, 적염마는 무슨, 적서귀겠지. 그나저나 이제야 이해가 가는군. 홍산사가가 급성장한 이유를 말이야."

별 볼일 없던 홍산사가가 당금 이렇게 급성장한 것에 의문이 있던 위지강은 그 연유를 이제야 알 수 있었다.

바로 이곳 섬서에서 수탈할 수많은 재물이 큰 역할을 했으리라.

"클클. 지청이 놈 손주란 질문에서 뭐가 이리 말이 길어지는 것이냐? 보아하니 그놈 손주는 확실한 거 같고, 그렇다면 그걸 가져왔더냐?"

괴의는 자신이 위지강에게 한 질문에서 이야기가 점점 삼 천포로 빠지자 더 이상은 기다릴 수 없었는지 나섰다.

그에겐 그런 과거 이야기보단 위지강이 혹시 가져왔을지 도 모를 뭔가가 더 중요했다.

"이거 말이야?"

그런 괴의의 질문에 위지강이 품에서 뭔가를 꺼냈다.

그것은 은패로 신기하게 옅은 초록색 물이 들어 있었다.

"초은패(草恩牌)가 이십 년 만에 돌아왔구나. 이것이 무엇 인지 알고 있느냐?"

"잘은 몰라도 한 가진 알고 있지. 그 패를 지닌 사람의 소 원을 영감이 들어줘야 한다는 거."

기실 나타샤의 치료를 부탁해야 할 위지강이 괴의에게 이 리 뻣뻣하게 대하는 것엔 이유가 있었다.

그는 바로 이 패를 믿고 있었던 것이다.

"그래, 이 패는 사문에서 은혜를 입은 사람에게 주는 패로 회수할 땐 반드시 한 가지 소원을 들어줘야 하지. 그 소원이 고작 저 처자를 치료하는 것이더냐?"

단 한 번이지만 삼대신의라 불리는 괴의를 마음대로 이용 할 수 있는 기회였다.

괴의는 그런 중요한 기회를 시녀로 보이는 여인을 위해서 쓰는 게 아깝지 않느냐고 물은 것이다.

"고작이라니! 유모를 한 번만 더 그런 식으로 말하면 가만 안 둘 거야!"

"클클, 고놈 버르장머리 하고는. 그렇게 아끼는 사람이 저 지경이 되도록 네놈은 그럼 뭘 한 게냐?"

"그건……."

그런 괴의의 반문에 위지강이 답할 말이 없어 머뭇거리자 나타샤가 옹호했다.

"평소엔 면사로 가리고 다녀서 도련님께선 알 수가 없었어요."

"쯧쯧, 병이란 초기에 잡아야 하는 것인데 이미 퍼질 대로 퍼졌어. 고통이 상당했을 텐데 어찌 참았누?"

나타샤가 나서자 괴의는 그녀의 상태를 눈대중으로 살피기 시작했다. 그 병세가 약하지 않아 보였다.

이 정도라면 평소에도 그 고통이 상당할 터였다.

"처음엔 별거 아니라고 여겼는데… 갑자기… 흑……."

병자의 고통은 병자만 알 뿐이라고 하지만 경험 많은 괴의는 그런 병자의 고통을 잘 알고 있었다.

그런 괴의의 눈빛 때문일까? 나타샤는 맘이 풀려 절로 눈물이 나왔다.

"미련한지고. 참을성이 병을 키웠어. 아프면 미리미리 의원을 찾아야지. 그나저나 신강엔 의원도 없더냐? 이곳까지 이 지경인 환자를 데려오다니. 거긴 마가 놈도 있지 않느냐?"

나타샤는 병을 키우는 부류였다.

아파도 주변에 폐를 끼칠까 참는 부류.

이런 이들이 꼭 병을 키워서 그를 찾기에 그는 답답해하곤 했다.

한편으로 마교엔 그와 비견되는 마의가 있었다.

왜 그를 찾지 않고 이곳 먼 곳까지 그를 찾아온 것인지 의문이 생겨 물은 것이다.

"그게… 마의께선 이 년 전부터 의곡에 은거 상태시라……. 더욱이 그분께서 저같이 천한 것을 치료하실 리가……."

"하기야 그놈은 그런 녀석이지. 그나저나 이번엔 뭘 하기에 이 년씩이나 틀어박혔누."

괴의는 마의가 한 번씩 연구를 위해 그렇게 틀어박히면 밖으로 나오지 않음을 알고 있었다.

그리고 연구가 끝날 때마다 큰 사고를 치곤 했기에 이 년씩이나 박혀 있다는 소리에 걱정이 생겼다.

"마의고 나발이고 유모는 어때? 치료할 수 있어?"

괴의가 딴 이야기를 하자 성질 급한 위지강이 닦달을 했다.

"클클, 그놈 참, 왜 이렇게 닦달이냐. 내가 언제 처자를 치료한다고 말한 적 있더냐?"

"그게 무슨 말이야? 패를 주면 소원을 들어준다며. 사문의 문규를 어길 셈이야?"

그의 닦달에 괴의가 그를 놀리듯 말했다. 이에 위지강이 어이없다는 듯 달려들었다.

"클클, 문규를 어기다니 그럴 수는 없지."

"영감, 날 놀리는 거야? 도대체 치료를 하겠다는 거야, 말겠다는 거야?"

"클, 놀리는 재미가 있구나. 걱정 마라. 네놈 유모의 치료는 한다. 단, 그 치료를 내가 아니라 내 제자가 될 놈이 할 게야."

"영감 제자도 있었어?"

위지강은 괴의의 말에 놀라 물었다.

그가 알기론 괴의에게 제자가 있다는 소리를 들은 적이 없기 때문이다.

"누가 제자라고 하더냐? 제자 될 놈이라고 했지. 여하튼 네 유모의 치료는 그놈에게 맡길 셈이다."

"제자가 아니고 제자가 될 놈? 대체 그놈이 누군데?"

"그놈은 바로 저 녀석이다. 클클."

그런 위지강의 질문에 괴의는 누군가를 지목했다.

"예~ 에? 제가요??"

그렇게 괴의에게 지목을 받은 서연은 갑작스런 상황에 놀
랄 수밖에 없었다.

第三章

여산의 중턱!

　삼첩천 폭포는 남송시대 한 나무꾼에 의해서 발견되기 전까지 그 자태를 드러내지 않던 곳이었다.

　후세의 한 시인이 말한 '하나의 진주같은 폭포를 여산은 이리도 겹겹이 쌓고 있었는가?' 라는 말로 유명한 관광명소였으나 지금 이 시대엔 아직 그렇게 사람의 발길이 닿는 곳은 아니었다.

　그런 폭포의 인근에 언제부터인가 하나의 오두막이 세워져 있었다.

이곳이 바로 삼대신의라 불리는 괴의의 처소였다.

고즈넉한 이곳엔 그 주인이 자리를 비워 들리는 소리라곤 떨어지는 폭포수의 소리밖에 없었으나 오늘따라 사람의 말소리가 들려왔다.

"그러니까 증상이 시작된 것이 언제부터예요?"

나타샤의 상태를 살피던 서연이 그녀에게 물었다.

"음, 한 일 년 정도……."

"일 년이라……."

"네 녀석 진짜 유모의 병을 치료할 수 있는 거냐? 아니, 병명이라도 아는 거냐?"

서연은 나타샤의 말에 뭔가를 곰곰이 생각하고 있었는데 위지강은 그런 서연의 모습이 못 미더운지 옆에서 툴툴거렸다.

"일단 증세를 더 살펴봐야죠. 그나저나 형! 큭큭."

그런 위지강에게 서연은 위협을 느낄 만도 했지만 오히려 웃음만 나왔다.

그의 한쪽 눈두덩이를 장식하고 있는 시퍼런 멍 때문이었다.

"큭. 웃지마. 그 망할 늙은이……."

위지강 역시 자신의 상태를 잘 알고 있기에 서연이 웃는 연유를 알았다.

"호호. 그러게 함부로 성질부리래요? 다 자업자득이죠."

"끙."

그런 위지강의 모습에 나타샤가 웃으며 말하자 위지강은 그에 할 말이 없어졌다.

조가장의 별채에서 이곳 괴의의 처소까지 일행이 쫓겨난 것이나 눈두덩이에 시퍼렇게 멍이든 이유가 다 위지강 자신의 탓이었기 때문이었다.

"젠장, 그 늙은이 고수였어. 무슨 의원이 그리도 강한 거야?"

별채에서 괴의의 말장난 같은 말에 결국 폭발한 위지강이었다.

그는 유모를 치료하지 않는 말에 한 방을 먹여주겠다며 날뛰었다.

한데 오히려 그가 괴의에게 눈두덩이를 한 대 맞고 진압된 것이었다.

하지만 그 발광의 대가는 그로 끝나지 않았다.

위지강 때문에 별채 곳곳이 파괴되자 더 이상은 못 참겠는지 조양학이 이들에게 축객령을 내린 것이었다.

그렇게 갈 곳이 없어진 일행들은 괴의의 말에 이곳 그의 처소까지 올 수밖에 없었다.

"그나저나 초은패를 이따위로 사용하다니 이게 다 너 때문이잖아."

괴의에게 울분을 풀 수 없자 위지강은 이제 그 원망의 대상을 서연으로 잡았다.

"저도 이렇게 될지 몰랐다구요. 갑자기 제자인증시험이라니."

그런 위지강의 원망에 서연도 할 말이 있는 듯 그렇게 대답하며 아까 상황을 회상했다.

*   *   *

별채 곳곳이 엉망이었다.

크게 화가 난 조양학이 축객령을 내린 후 그 처리를 위해서 사람을 부르기 위해서 나가자 그제야 서연은 괴의에게 묻고픈 바를 말할 수가 있었다.

"저기 어르신… 제가 저 누나를 치료한다니 그게 무슨 말씀이세요?"

"클클, 네놈 장일이 놈 손자렸다."

"아, 이미 서신을 받으셨나 봐요? 그런데 어찌 저인 줄 아셨어요?"

서연은 괴의가 그를 알아보자 자신이 출발하기 전 장일이 먼저 보낸 서신이 생각났다.

하나 어찌 자신을 알아본 것일까 궁금했다.

"밖에서도 들리게 사천소거인을 외치는데 어찌 모르겠느냐? 그나저나 서신을 보아하니 내 제자가 되고 싶다고?"

"네. 의원이 되어서 돈 없고 힘없는 환자들을 돕고 싶어요. 받아주시겠어요?"

서연은 출발 때와는 다르게 괴의의 제자가 되고픈 맘이 더 커졌다.

바로 좀 전 상황 때문이었다.

그 신비한 의술이야 할아버지인 장일이 보증하니 그렇다 치고 꽤 강해 보이던 위지강을 그렇게 손쉽게 제압하는 그의 무공에 놀랐기 때문이었다.

의술만큼이나 무공을 배우고 싶었던 서연이기에 괴의의 제자가 되고픈 건 불감청고소원이었다.

"힘없는 환자를 돕는다라, 좋은 생각이구나. 그러나 어린 생각이다. 그런 누구나 할 법한 말과 서신 하나에 내가 너를 제자로 받아들일 성싶더냐?"

"그게……."

그런 괴의의 대답에 서연은 당황했다.

장가장에서 장일의 태도로 보아 괴의와 큰 친분이 있어 보였기에 당연히 자신을 받아줄 거라 여긴 탓이었다.

"클클, 녀석 빨리도 침울해하는구나. 그나저나 난감하구

나. 오랜 친우의 청을 거절할 수 없고… 그렇다고 함부로 제자를 받을 수도 없는 일이고……."

"그럼 제가 어찌하면 되나요?"

침울해하는 서연의 표정이 재밌는지 괴의가 피식 웃으며 고민하자 서연이 어찌하면 제자가 될 수 있는지 물었다.

"좋다. 이렇게 하자. 본시 본문이 일인전승의 작은 문파이지만 그 역사가 깊어 한 가지 전통이 있다."

"전통이라니 그게 뭔가요?"

"본문은 무공을 익히는 무문이 아니라 의술을 익히는 의문이다. 제자를 뽑는 일에 항시 신중을 가해왔다. 그래서 둔 것이 제자 후보생이란 제도지."

"제자 후보생이라고요?"

서연은 뜬금없는 후보생이란 말에 그게 뭘까 궁금했다.

"그렇다. 의술이란 본디 사람의 목숨을 전제로 하는 것. 의술의 자질뿐만 아니라 그 성정까지 파악해야 하지 않겠느냐?"

"그렇죠."

"그래서 둔 것이 바로 제자 후보생이다. 후보생들에게 몇 달간 의술을 가르친 후에 그 자질과 성정을 검사할 시험을 내려 그를 통과하면 정식제자로 받아들이는 제도지."

괴의는 그렇게 서연에게 자신의 문파의 전통에 대해서 설명했다.

서연은 그 말을 듣자 문득 떠오르는 게 있었다.

"혹 그럼 저 누나를 치료하는 게 그 시험이란 말인가요? 그런데 어찌해서 전 후보생으로 두지 않고 바로 시험을?"

"클클. 객잔에서 일을 보아하니 서신에 적힌 대로 네놈이 해괴한 의술지식을 지니고 있더구나. 그러니 후보생으로 두어 의술을 가르칠 시간 낭비를 할 이유가 어디 있느냐. 바로 시험 후 정제자로 삼으면 되는 게지."

"아……."

서연은 그제야 왜 괴의가 자신에게 나타샤를 치료하라고 한 건지 알 수 있었다.

그러나 그런 둘의 대화는 한 사람의 성질머리를 돋우었다.

"이게 무슨 장난질이야? 유모가 영감이랑 저 녀석 시험도구야? 초은패를 받았으면 영감이 치료를 해야 할 거 아니야?"

그는 바로 괴의에게 맞은 눈두덩이를 살살 문지르던 위지강이었다.

둘의 대화에서 나타샤가 마치 실험체가 되어버리자 다시 화가 솟구친 것이었다.

"클클, 아직 팔팔한 걸 보니 네놈이 아직 덜 맞았나 보구나. 그리고 초은패는 사문의 일. 내가 아니라도 내 제자가 그

은원을 해결하면 될 일이다. 비록 그게 제자 후보생이라도 말이지."

"윽… 영감탱이가 정말… 유모의 일인데 어찌 내가 참견을 못해! 그리고 영감 사문은 무슨 콩가루 사문이야? 즉석에서 제자를 받게. 하여튼 난 저 녀석을 못 믿으니 무조건 영감이 치료해."

위지강은 살살 놀리며 참견 말라는 괴의의 말에 욱할 뻔한 걸 참고는 무조건 그가 치료해야 한다며 떼를 썼다.

"그건 안 될 말이다. 치료는 저 녀석이 할게야."

"도대체 왜 영감이 치료를 안 하는 건데!"

위지강은 그렇게 성질을 참고 말해도 괴의가 치료를 거부하자 그 연유라도 알고 싶어 물었다.

"그거야 다 네놈 때문이 아니더냐?"

"나 때문이라니?"

괴의가 치료를 않는 게 자신의 탓이라니 위지강이 무슨 말인지 몰라 물었다.

"이 집 아들놈 말이다. 네놈이 그리 만들었으니 잘 알 거 아니냐? 한쪽 폐를 그렇게 갈기갈기 찢어놨는데 그게 쉬이 낫겠느냐. 난 그놈을 돌아봐야 하니 당분간은 다른 환자를 돌볼 여유가 없다."

"제길 그놈 때문에… 아니지, 영감 명색이 삼대신의잖아.

그냥 두 명 같이 보면 될 일 아니야?'

위지강은 그런 괴의의 대답에 납득하려 했다.

하나 다시 생각해 보니 명색이 삼대신의라는 작자가 아닌가?

둘을 같이 치료를 하면 될 일이었다.

"내 평생 의술을 행하면서 동시에 여러 환자를 치료한 적은 없다. 그만큼의 대가를 받았으니 그만한 값어치를 해줘야 하지 않겠느냐? 암 그렇고말고……."

위지강의 말마따나 같이 치료하면 될 일이었으나 괴의는 이상한 이유를 붙여 거부했다. 하지만 실상 이는 거짓이었다.

과거 이곳 섬서지역에서 역병이 돌 당시 동시에 수십 명의 환자도 치료한 경험이 있는 그였다.

"그런 말도 안 되는 궤변을……."

"그렇다면 그분을 치료한 후에 저를 봐주실 수 있는 건가요?"

괴의의 말에 위지강이 어의가 없는 듯 말을 잇지 못하자 이번에는 나타샤가 나섰다.

"그렇네. 양학이 아들 놈 치료가 끝나면 내 처자를 봐줌세. 하나 그동안에 치료를 쉬기보단 저놈에게 한번 맡겨 보는 게 어떤가?"

위지강이 아닌 환자인 나타샤의 물음이라서 그런지 대답

하는 괴의의 말도 앞서 와는 달리 진지해졌다.

'이분이 이렇게 말씀하시는 걸로 보아 반드시 저 작은 공자님을 시험해 보겠다는 거구나. 저분이 과연 날 치료할 수 있을까?'

다혈질인 위지강과 다르게 차분한 성격의 그녀는 괴의가 왜 이렇게 억지스런 말을 하는지 알 수 있었다.

그가 이미 서연의 의술을 시험해 보겠다고 굳게 맘먹었다는 걸 느낀 것이었다.

그렇게 되자 나타샤는 서연을 다시 한 번 살펴보았다.

그러길 잠시 이내 마음을 먹었는지 괴의에게 말했다.

"네. 어르신께서 그렇게 말씀하신다면 저 공자님께 치료를 받겠어요."

"유모!"

"괜찮아요. 도련님 저 공자님이라면……."

그런 나타샤의 결정에 위지강이 말도 안 된다며 소리를 쳤지만 그녀는 이미 서연에게 치료를 받을 결심을 한듯 보였다.

"클클. 잘 생각했네. 그나저나 네놈!"

그런 나타샤의 결정이 기꺼운지 괴의는 웃으며 서연을 불렀다.

"네?"

"보름이다."

"보름이라니 그게 무슨 말씀이세요?"

서연은 갑작스레 괴의가 자신을 부르고는 다짜고짜 보름이라고 말하자 뭔 뜻인지 알 수가 없었다.

"시험 말이다. 보름 만에 처자를 고쳐 놔란 말이다."

"예? 고작 보름이요?"

"이 집 아들 놈 치료에 보름 정도 걸릴 테다. 그러니 적어도 그 안에 처자의 병세에 차도가 없다면 그냥 짐 싸고 장일이 놈에게 돌아가야 할게야. 알겠느냐?"

그런 괴의의 엄포에 서연은 그냥 고개를 끄덕일 수밖에 없었다.

시험을 내는 건 그저 시험관 맘이기에……

*   *   *

"에효, 보름이라니……."

조가장에서 괴의의 마지막을 떠올리며 서연은 한숨을 내쉬었다.

상세히 살펴보니 나타샤의 상태가 그리 좋아 보이지 않았기 때문이었다.

'이 누나도 참 어지간히 하구나. 이 지경이 될 때까지 참다니……'

나타샤의 상태는 매우 심각했다. 이미 피부 일부에선 괴사까지 일어나는 형편이었다.

그렇다 보니 보름 안에 이를 치료해야 하는 서연으로서는 답답했다.

거기다 이 지경까지 병을 키운 나타샤가 약간 원망스럽기까지 했다.

"문 공자님, 많이 안 좋은 건가요?"

그런 서연의 생각 때문일까?

나타샤가 서연에게 약간 조심스럽게 물었다.

'헉. 내가 무슨 생각을 한 거야? 아픈 환자에게…….'

조심스레 묻는 나타샤의 말 때문일까 급히 정신을 차린 서연은 자신의 생각을 반성했다.

"공자는 무슨 나이도 어린데 그냥 이름으로 부르세요. 그나저나 이 정도면 통증이 상당했을 텐데 그동안 어찌 참았어요?"

"아니에요. 향시를 통과하셨으면 관인이나 마찬가지신데 어찌… 그리고 통증은 그리 못 참을 정도까지는 아니었어요."

"뭔 소리야! 밤마다 아파서 끙끙대면서 모를 줄 알아? 그런 거짓말은 왜 하는 거야?"

서연의 질문에 나타샤는 위지강이 걱정할까 싶어 거짓을

말했는데 이게 그를 자극한 모양이었다.

"그래요. 누나! 의원 앞에서 환자가 거짓을 말하면 치료가 힘들어져요. 아프면 아프다 사실대로 말해주세요."

"흑! 그럴게요."

자신의 통증을 알아주는 두 사람의 맘 때문일까? 대답하는 나타샤의 눈에 약간의 물기가 스몄다.

"그나저나 너 유모 병명은 아는 거냐?"

나타샤의 눈물 때문일까 위지강은 약간 안달이 나 물었다.

"잠시만요. 누나 한 가지 물을 게 있는데 혹시 어릴 적 수두를 앓은 적이 있나요?"

"수두라 어릴 적 크게 않은 적이 있는 거 같은데 왜 그걸 묻으세요? 그게 혹시 병과 관련이?"

나타샤는 서연의 물음에 답하며 뭔가 아는 게 있는지 물었다.

"네, 그렇군요. 누나의 병은 아무래도 대상포진(帶狀疱疹)인거 같아요."

"대상포진? 도대체 그게 무슨 병이냐?"

그런 서연의 대답에 위지강이 첨 들어보는 병명인지 물었다.

"아, 대상포진은 전요화단(纏腰火丹)을 말해요."

대상포진이란 말은 과거에도 썼으나 현대에 와서 많이 �

이던 병명이었다.

　과거에는 그보단 전요화단이란 말을 자주 썼는데 서연이 이를 깨닫고 정정한 것이었다.

　"전요화단이라면 들어본 적이 있다. 말 그래도 허리춤에 나는 작은 부스럼 같은 게 아니냐? 그게 유모의 이 괴질이라고?"

　위지강이 아는 전요화단은 가벼운 병이었다.

　한데 그것이 유모의 병명이라고 하자 이해할 수 없다는 듯 물었다.

　"네. 이 병은 어릴 적 앓은 수두의 병세가 그 몸속에 그대로 남아 있다가 커서 발병하는 건데 보통 허리춤에 나서 전요화단일고 부르지만 우리 몸 어디에서든 나타날 수가 있어요. 비록 누나처럼 얼굴 쪽에 나는 경우는 희박하긴 하지만요."

　"그렇다면 다행이구나. 전요화단이라면 그리 큰 병은 아니잖아."

　위지강은 서연의 말에 다행이라는 듯 말했다.

　그러나 이는 틀린 말이었다.

　"아니요. 그게 그렇지 않아요."

　"그게 무슨 말이냐?"

　"아무리 작은 병이라도 병을 키우면 큰일이 되는 거예요. 누나의 참을성이 병을 너무 키웠어요. 더군다나 발병된 자리가 얼굴인지라… 더더욱 안 좋구요."

대상포진은 앞서 말한 바대로 어릴 적 앓은 수두바이러스가 몸속에 남아 있다가 잠복기를 거쳐 성인이 된 후에 나타나는 바이러스성 질병이었다.

이런 대상포진이 가벼운 병으로 인식되는 것은 우리 몸의 면역력이 있기 때문이다.

병의 초기에는 우리 몸의 면역력이 바이러스의 힘보다 강해 쉽게 치유가 가능했지만 나타샤의 경우처럼 오래 병을 키울 경우 면역력이 약해져 자칫하면 위험할 수가 있었다.

더군다나 바이러스성 질환답게 우리 몸 곳곳을 파고드는 성질이 있어 주요 장기가 많은 얼굴 쪽에 난 경우는 크게 위험할 수도 있었다.

눈이나 뇌 같은 중요 장기에 바이러스가 퍼지면 자칫 실명하거나 정신장애를 앓을 수도 있는 탓이었다.

"크음……."

병에 대한 그런 서연의 설명이 이어지자 위지강이나 나타샤의 얼굴도 침중해졌다.

"그렇다면 치료는 어찌하면 되는 거냐? 그래도 같은 병이니 전요화단에 좋은 약재를 쓰면 될 거 아니냐?"

"그게 특효약이라고 알려진 것들은 다 초기에 쓰는 거라. 과연 누나 같은 중증에도 통할지……."

위지강의 제안에 서연은 약간 회의적이었다.

전요화단에 좋다고 하는 약재들은 다 우리 몸의 면역력을 일시적으로 높여주는 게 대부분으로 병의 초기에나 효과가 있었다.

나타샤의 경우처럼 병세에 비해 면역력이 많이 떨어진 경우는 약간의 효과가 없진 않겠지만 크게 도움이 되지 못할 것이라 여겨진 것이었다.

"그렇다면 네 녀석도 답이 없는 게냐? 유모 안 되겠어. 괴의 그 늙은이를 데려와야지"

위지강은 그렇게 말하는 서연이 답을 내지 못하자 당장에라도 괴의를 데려올 듯 호들갑을 떨었다.

"그만하세요, 도련님. 그게 공자님께 얼마나 실례되는 행동인지 모르세요?"

"하지만 저 녀석이 방법이 없다잖아."

"어찌 되었든 전 공자님께 치료를 맡겼어요. 그러니 도련님은 조용히 하세요."

위지강의 반박에도 나타샤는 그를 말렸다.

그리고는 서연에게 위지강의 행동에 대해 사과를 했다.

"죄송해요. 도련님이 아직 철이 없어서. 전 공자님을 믿으니까 천천히 치료법을 생각해 주세요."

"아니에요. 충분히 그럴 만한데요, 뭘. 그나저나 이렇게 믿어주셔서 제가 고마워요.”

위지강이 괴의를 데리러갔다면 서연의 시험은 그렇게 끝나고 그의 제자가 되긴 요원했을 것이다.

서연은 오히려 자신을 믿어준 나타샤에게 감사했다.

“그건 제가 드려야 할 말이죠. 그나저나 두 분 다 시장하시죠. 벌써 시간이 이리되었네요.”

“그러고 보니 우리 점심도 다 굶었네요.”

점심을 먹으로 간 객잔에서 사고가 터져서 이곳 괴의의 처소에 올 때까지 식사 한 번 못한 일행이었다.

서연과 위지강은 그녀의 말을 듣자 슬슬 배가 고파져 왔다.

“호호. 두 분 다 시장하시긴 한가보네요. 아까 주방을 살펴보니 먹거리가 좀 있던데 제가 얼른 준비할게요.”

나타샤는 그렇게 말하며 웃으며 주방을 향했다.

하지만 서연이 보이엔 그런 나타샤의 밝은 모습이 의도된 것처럼 여겨졌다.

‘겉모습과는 다르게 확실히 강한 분이시네. 그나저나 어쩌나 페니실린이라도 만들어야 하나?’

서연은 일부러 밝은 모습을 보이는 그녀가 강해 보이고 안타까워 반드시 그녀를 치료하고픈 맘이 생겼다.

기실 나타샤의 병인 대상포진은 중증의 경우에도 현대에선 쉽게 치료가 가능했다.

바로 항생제가 있기 때문이었다.

이런 항생제 중에 제일 유명한 것이 바로 푸른 곰팡이에서 뽑아 만든 페니실린이었기에 서연은 이를 생각한 것이었다.

전생에 재미있게 본 드라마에서 이 페니실린을 만드는 장면을 본 기억이 있기에 각인을 통한다면 어쩌면 만들 수 있을지도 몰랐다.

그러나 이에도 몇 가지 문제가 있었다.

첫째는 드라마에서 본 제작공정이 옳은 건지가 확실치 않다는 것이었다.

그리고 페니실린이 대상포진에도 효과가 있는 건지 서연은 의문스러웠다.

드라마에서 본 기억이 있어 매독이나 상처에 의한 파상풍 같은 경우에는 큰 효과가 있음을 알고 있었지만 대상포진에도 통하는지를 몰랐다.

'에효. 너무 응급 쪽만 공부를 했어. 이것저것 다 알아봐야 하는 건데. 아무래도 페니실린은 무리야. 더군다나 내게 있는 시간은 보름뿐인데 어쩌지?

괴의가 그에게 준 시간은 보름 아무리 생각해도 그 안에 페니실린은 제조할 자신이 없었다.

더군다나 그게 나타샤에게 효과가 있을지도 의문이 아닌가.

서연은 결국 다른 방도를 찾아보기로 했다.

그러나 서연의 고심은 금방 깨지고 말았다. 그를 찾는 누군가의 목소리 때문이었다.

"도련님, 공자님, 식사가 다되었으니 얼른 오세요."

어느새 식사준비가 끝난 듯 나타샤가 부른 탓이었다.

"아! 배고파. 일단 식사나 하자. 그나저나 표 표사 아저씨는 잘 돌아갔으려나? 왜 이곳까지 따라오셔서 고생이신지."

한편 식사를 생각하자 역시 그와 같이 오늘 내내 굶은 표양이 생각이 났다.

괴의를 만났기에 표양의 임무는 마친 것과 다름이 없었으나 굳이 이곳까지 따라온 그였다.

서연 일행이 이곳에 도착하자 그제야 안심이 되는 듯 산록에 있을 그의 부모님을 찾아 길을 나섰다. 산중에 어둠이 빨리 찾아오자 잠시 걱정이 된 것이었다.

"훗. 별일 있겠어. 괜한 걱정이겠지. 그나저나 누나 요리솜씨가 좋으신 걸 정말 맛있는 냄새네. 아, 배고파."

나타샤가 만든 요리의 향기가 서연의 코끝을 자극하자 금세 표양의 생각은 지워졌다.

그러나 서연은 알지 못했다.

이 시간 여산의 한 자락에선 누군가의 절규가 울려 퍼지고 있음을.

"아! 여기가 어디지? 아, 배도 고프고. 어머니, 보고파요."

그렇게 어머니를 찾으며 울부짖는 이는 바로 우리의 표 표
사.

표양이었다.

第四章

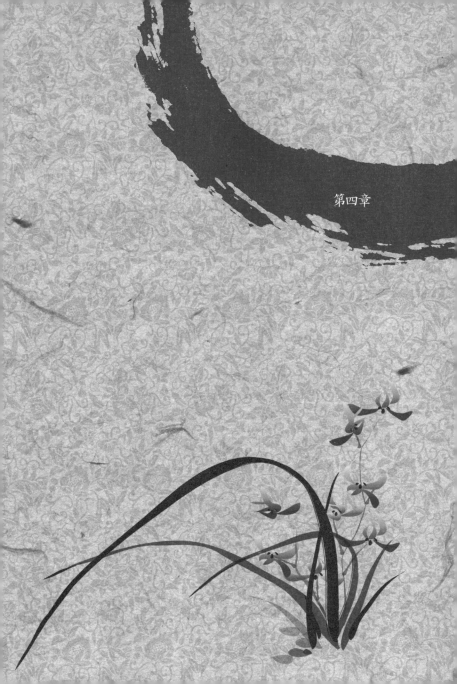

다음 날!

쉴 새 없이 내리꽂히는 폭포수의 물줄기 때문일까?

여산의 괴의의 오두막 앞 주변에는 짙은 안개가 펼쳐져 있었다.

그런 안개를 뚫고 한 인형의 모습이 보였다. 이른 새벽부터 일어난 서연이었다.

"후아. 공기 좋네. 산중이라 그런가. 오늘따라 효과가 더 있었어."

서연이 이런 꼭두새벽에 일어난 이유는 바로 아침 운동과 천선기의 운기 때문이었다.

처음엔 아침에 일어나는 것이 힘들었지만 이제는 습관처
럼 하는 일인지라 하루라도 빼먹으면 어색할 지경이었다.

산속에서 하는 첫 번째 운기인 탓일까?

천선기의 운기가 막히지 않고 술술 풀리는 느낌이었던지
라 서연은 기분이 좋았다. 그에 따라 그의 발걸음 또한 가벼
웠다.

하나 그런 서연의 기분 좋은 발걸음은 누군가에게 막히었
다.

"헉, 누구세요?"

서연은 누군가가 그의 앞을 막아서자 놀라 정체를 묻고는
그를 살폈다.

머리는 봉두산발이요, 옷은 물인지 땀인지 모를 것으로 젖
어 온통 흙범벅이었다.

자세히 살피자 그의 옷차림이 낯에 익었다.

"큭, 공자님!"

그의 입에서 자신을 찾는 소리가 들리자 그제야 서연은 그
의 정체를 알 수 있었다.

"아! 표 표사 아저씨. 이게 어찌 된 일이에요?"

"흑. 그게 내려가는데 갑자기 어둑… 그런데 발이 헛디뎌
서… 이곳이 어디??"

서연이 어찌 된 일인지 연유를 묻자 표양이 답했는지만 밤새 헤맨 탓인지 그의 말에는 두서가 없었다.

"그러니까 결국 길을 잃고 밤새 헤맸다는 거잖아요. 아니, 표사씩이나 되는 분이 그렇게 길을 잃어요?"

"그게 그러니까… 표사라고 다 그걸 걸 아는 건……."

서연이 생각하는 표사는 천하 곳곳에 물품을 운송하는 직업이니만큼 노숙이나 길 찾기 등에 능할 것이라 여겼다.

하나 이는 표양의 입장에선 억울한 일이었다.

표행 때문에 천하를 돌아다니긴 하나 안전을 위해 매번 같은 길로만 다닐 뿐이었다.

그런 길에서야 지리가 훤하지만 이렇게 처음 와본 곳에 길을 찾는 게 어찌 쉽겠는가?

"에효, 산에서 길을 잃었으면 물소리를 찾고 그 물줄기를 따라 내려가면 될 거 아니에요. 그런 기초 상식도 몰라요?"

"아! 공자님, 그런 방법이. 역시 머리가 좋으신 분은 다르십니다. 하하."

서연은 어리바리한 표양의 모습에 답답했는지 자신이 아는 산에서 길 찾는 요령을 알려줬다.

이에 표양이 감탄하면 좋은 걸 배웠다는 듯 그의 손을 꼭 잡았다.

"윽! 땀 냄새. 아, 아저씨 저리 좀 가요."

그렇게 손을 잡고 다가온 탓일까 서연은 그에게서 풍기는 요상한 향기에 손사래를 쳤다.

"공자님?? 아… 죄송합니다."

갑자기 그를 외면하는 서연의 모습에 이제야 자신의 상태를 깨달은 표양이 사과를 했다.

그런 그의 모습은 매우 소심해 보였다. 그것이 서연의 감정을 자극했다.

"에효. 오두막으로 가요. 아직 식사도 못하셨죠?"

"흑! 네, 공자님, 배가 등가죽에 붙을 것 같습니다."

*   *   *

우걱지걱.

스읍!

탁자 위의 음식들이 게 눈 감추 듯 없어지고 있었다.

"크억! 잘 먹었다. 고맙습니다. 배고파 죽는 줄 알았습니다. 하하"

배가 든든해진 탓일까 표양은 금세 평소의 호탕한 성격으로 돌아왔다.

"호호. 제가 만든 음식을 이리도 잘 먹어주시니 제가 고맙네요."

그런 표양의 감사에 음식을 만든 나타샤가 웃으며 말했다.

"쯧쯧, 먹는 꼬라지 하고는……."

물론 그런 표양의 모습이 맘에 들지 않는지 시비를 거는 위지강도 있었지만 말이다.

'아니, 저 녀석이… 에효, 팰 수도 없고…….'

그런 위지강의 모습에 표양은 잠시 욱했으니 행동으로 옮길 수는 없었다.

어린 모습이지만 그가 자신이 감당 못할 고수라는 것을 잘 알고 있었기 때문이었다.

하나 마지막 자존심만은 버릴 수가 없는지 그를 매섭게 꼬라 보았다.

하나 그런 그의 모양새에 위지강은 폭소가 터졌다.

"큭큭, 그런 꼬라지로 이런 눈빛이라니 큭큭."

위지강의 이렇게 웃는 이유는 현재 표양의 외양 때문이었다.

땀에 젖은 자신의 옷을 빨고 괴의의 옷을 빌려 입은 탓이었다.

그러나 표사 일을 하는 표양이 보통 덩치겠는가?

왜소한 체격의 괴의의 옷이 그에게 맞을 리가 없었다.

억지로 주워 입은 상의는 가슴께밖에 오지 않아 배꼽을 밖으로 드러낸 상태였다.

하의는 아예 맞는 것이 없었다.

그래서 대충 상의 둘러 중요 부위를 가리는 정도였는데 이런 우스꽝스런 모습으로 두 눈을 부릅뜨자 그 모양새가 웃겼던 것이었다.

"아니, 이놈이… 아니 왜?"

그런 폭소에는 참을 수 없었는지 표양이 뒷감당을 생각지도 않고 벌떡 일어섰다.

하나 그런 성질도 잠시 갑자기 자지러지는 주변의 반응에 의문을 품을 수밖에 없었다.

"꺅!"

"큭큭, 아이고 배야……."

"하하. 그만 좀 웃겨요, 아저씨."

첫 번째 반응은 나타샤의 것이었고, 두 번쨴 이제 바닥에 드러누워 웃고 있는 위지강이었고, 세 번째 반응은 서연의 것이었다.

이들이 이렇게 드러누워 웃는 데는 이유가 있었다.

그것은 표양이 벌떡 일어서자 그의 하체를 가리던 것이 흘러내린 탓이었다.

다행히 그의 물건을 감싼 최후의 보루가 남아 있어 큰 불상사를 면했지만 평소 그 최후의 보루란 놈을 얼마나 갈아입지

78 천선지가

않았는지 그 전면의 중요 부위가 노랗게 물이 들어 있었다.

"헉~!"

'후다닥.'

일행의 눈길이 전부 자신의 중요 부위를 향하자 이제야 상황이 파악된 표양은 급히 흘러내진 치마(?)를 추스르며 급히 자리에 앉았으나

하나 이미 평생 보일 쪽이란 쪽은 다 팔린 상태였다.

'아, 어떻게 이런 일이… 헉! 거기 처자. 눈을 가리려면 제대로 가릴 것이지 왜 손가락 사이를 벌리시오!'

표양은 얼굴을 붉으락푸르락거리며 주변은 연신 살피고 있었는데 손가락 사이로 보이는 나타샤의 초롱초롱한 눈빛과 마주치자 그만 고개를 숙일 수밖에 없었다.

"크윽! 아저씨, 그나저나 어젠 어찌 된 일이에요?"

"어제 공자님을 데려다 드리고 돌아가는 길이었습죠. 간만에 온 여산인지라 이리저리 구경하면서 천천히 내려가고 있었는데……."

고개 숙인 표양이 이제는 조금 불쌍해진 서연이었다.

그래서 화제를 돌릴 겸 간밤의 일을 묻자 표양이 지난밤의 이야기를 꺼내기 시작했다.

* * *

"음…… 그랬군요."

서연은 표양의 말을 듣고는 이내 고개를 끄덕였다.

산중이 해가 일찍 떨어진다는 것을 깜박한 모양이었다.

그러다가 발을 헛디뎌 경사로에서 떨어졌는데 그 바람에 밤새 이렇게 산중을 헤맨 것이었다.

"쯧쯧, 경사로 떨어졌으면 다시 그쪽으로 기어오르면 될 거 아니야? 머리는 장식인가? 그 정도도 못하게."

표양과 서연이 그렇게 말을 이어가자 옆에서 위지강이 한 소리를 건넸다.

그 말을 듣자 서연도 공감이 갔다.

"큭, 공자님, 제가 그 정도 머리도 없어 보이십니까? 다 그만한 이유가 있었습니다. 재수가 더럽게 없었던 거죠."

"재수가 없었다고요?"

위지강뿐만 아니라 서연과 나타샤까지 한심하다는 듯 자신을 쳐다보자 표양은 이내 변명을 했다.

그의 말을 들어보아 뭔가 사정이 있어 보였다.

"네, 하필 굴러 떨어진 자리가 문제였습니다. 경사로에서 한참을 구르다 어느 나무에 부딪혔는데 하필 그 나무에 벌통이 있을 게 뭡니까?"

"아……."

"나무에서 벌통이 떨어지고 벌 떼에 쏘이니 정신이 있겠습니까? 그저 피해서 이리저리 도망 다니다 보니 어느새 길을 잃은 거죠. 이거 좀 보십시오."

표양은 그렇게 말하며 자신의 팔과 다리를 가리켰다.

서연이 살피자 팔 다리에는 벌에 쏘인 자리가 수두룩했다.

"에고, 많이도 쏘이셨네요. 누나! 혹시 주방에 식초가 있던가요?"

"네, 주방에서 본 듯한데……."

"그럼 그걸 좀 가져다주실래요? 벌에 쏘인 데는 식초를 바르면 좋거든요."

"아, 그래요? 얼른 가지고 올게요."

서연의 부탁에 나타샤는 얼른 식초를 가지러 주방으로 향했다.

그런 모습을 보던 표양이 물었다.

"정말 식초를 바르면 괜찮아지는 겁니까?"

"네, 말벌에 쏘인 것도 아니고 그냥 꿀벌 같은데 식초 조금만 바르면 금방 가라앉을 거예요."

서연이 식초를 권한 데는 이유가 있었다.

꿀벌의 독이 약간의 알칼리성을 띠기 때문이었다.

고로 산성을 띠는 식초와 알칼리성의 꿀이 닿으면 중화되게 마련이었다.

"다행입니다. 그 망할 벌집… 그 속에서 왕유(王乳)라도 꺼내먹었으면 억울하지도 않을 것을… 하마터면 골로 갈 뻔했습니다."

서연의 말에 표양이 다행이다 안심하며 뭔가 아쉬운지 말했다.

왕유(王乳)란 우리가 흔히 아는 로열젤리를 말함이다. 이 시대에도 귀해서 고관대작이나 먹는 진미였다.

오죽하면 이름이 왕의 젖이겠는가?

"에이, 벌집에서 왕유 뽑아내는 게 쉬운 줄 아세요. 벌집에서도 극소량뿐인데… 그걸 뽑아내는 것도 기술이 필요하다구요."

"뭐 어떻습니까? 아니면 벌집채로 씹어 삼기면 되지요. 그속에는 있지 않겠습니까? 이것저것 섞여서 그렇지."

그런 서연의 지적에 표양이 생각한 바가 있던지 그렇게 대답했다.

"큭. 벌집째로 씹어 삼킨다구요? 그럼 왕유를 먹는 게 맞긴하네요. 아! 잠깐 방금 뭐라고 하셨어요?"

그런 엉뚱한 표양의 대답에 서연은 웃으며 말하다 문득 뭐가 떠올랐다.

"뭐라고 하긴요. 벌집째 씹어 삼킨다고 했죠."

"하하. 벌집이에요 벌집! 어떻게 그걸 생각 못했지? 하하하.”

그렇게 서연이 실성한 듯 웃기만 하자 그게 위지강의 신경을 자극했다.

“도대체 벌집이 뭐라고 그렇게 실성한 듯 웃는 거냐?”

“형. 제가 웃는 이유를 모르겠어요? 벌집이 바로 나타샤 누나를 치료할 특효약이란 말이에요.”

“뭐라고 했어? 그게 유모를 치료할 특효약이라고?”

그런 서연의 대답에 위지강이 크게 놀라 반문했다. 놀란 건 그뿐만이 아닌 모양이었다.

쨍그랑.

주방에서 나오던 나타샤 또한 그런 서연의 말을 들었는지 그만 식초가 든 병을 땅에 떨어뜨리고 말았다.

“공자님, 그게 정말이세요? 제가 나을 수 있어요?”

그렇게 물어오는 나타샤의 눈에는 이미 깨져 버린 식초병 따윈 들어오지가 않았다.

*   *   *

여산의 산기슭.

삼첩천 폭포에서 수직 낙하한 물줄기는 어느새 수평이동을 하며 골짜기를 이루고 있었다.

그런 골짜기를 따라 이어진 자그마한 소로에 한 인형이 발걸음을 옮기고 있었다.

그는 바로 이곳에 거처를 둔 괴의 우문산이었다.

여느 때와 같이 갈색마의를 걸치고 발걸음을 옮기는 그의 표정엔 웃음기가 넘쳤다.

"클클. 조가 놈이 아들 일이라고 그래도 제법 성의를 보였군."

괴의는 허리춤의 전낭을 손으로 한번 만지며 그렇게 웃었다.

아무래도 그가 이렇게 표정에 웃음기를 띠는 것은 두툼해 보이는 전낭 탓인 듯했다.

"그나저나 그놈은 어찌하고 있을꼬? 치료가 힘들어 안절부절못하고 있으려나? 아니면 이미 포기하고 돌아갔으려나?"

한참을 전낭을 만지작거리던 그는 보름 전에 봤던 한 소년을 떠올렸다.

시험의 형태로 나타샤의 치료를 맡겼지만 그는 서연이 나타샤를 치료했으리라 여기진 않았다.

전요화단에 불과하지만 그녀의 경우는 병을 워낙 키워놓은 상태였기 때문이었다.

그런 그녀의 치료를 위해선 그녀의 몸의 기운을 크게 북돋

아주는 특별한 시술이 필요했다.

그리고 그런 시술에는 웬만한 의원들로서는 엄두도 못내는 고도의 침술이 필요했다.

"초은패의 인연이니 반드시 치료를 해줘야 하는데 상태가 나빠지진 않았을꼬? 아니지. 어디서 그래도 특이한 의술을 배운 듯하니 악화시키진 않았겠지. 뭐 가보면 알게 되려나. 클클."

초은패가 관련된 일이니만큼 나타샤의 치료는 반드시 해야 할 그였다.

그래서 잠시 걱정이 들긴 했으나 한편으론 객잔에서 서연의 모습을 떠올리자 안심이 되기도 했다.

사실 악화되었다고 해도 상관은 없었다.

그는 충분히 그녀를 치료할 자신이 있었기 때문이었다.

그런 자신이 없었다면 애초에 서연에게 시험의 형태로 그녀를 맡기지도 않았을 터였다.

"그나저나 조금은 미안하구나. 에잉, 장가 놈이 역정이나 내질 않을지. 그러나 지금 상황에서 제자를 받기도 그러니……."

생각이 나타샤에서 서연에게로 이르자 괴의는 서연에게 약간 미안한 맘이 들었다.

사실 자신의 사문에 제자를 들이는 시험이란 것은 없었다.

그런데도 서연에게 시험을 내린 것은 몇 안 되는 친우의 부탁을 매정하게 뿌리치기 힘들었기 때문이었다.

그렇다고 서연을 그냥 제자로 받기도 애매했다.

사문의 오랜 숙원을 풀어야 하는 그로서는 제자를 받고 누굴 가르칠 시간이 없었기 때문이었다.

이런저런 생각을 하며 걷다 보니 어느새 괴의는 자신의 거처 근처까지 와 있었다.

'침울한 분위기일꼬? 엥? 이게 다 무어란 말이냐?'

나타샤의 병 때문에 침울한 분위기리라 여기며 거처에 들어선 괴의는 오두막의 상황에 그저 두 눈을 동그랗게 뜨며 놀랄 수밖에 없었다.

이는 오두막의 상황이 그가 예상한 바와 크게 달랐기 때문이었다.

*   *   *

"이게 다 무슨 일이더냐?"

괴의가 당황스런 맘에 물었다.

괴의가 이렇게 당황한 데는 이유가 있었다.

한적하고 고적했던 그의 처소가 온통 무엇을 태운 흔적과 벌집, 그리고 벌의 사체들로 엉망이 되어 있었기 때문이었다.

물론 그런 난장판을 만든 이도 알 수 있었다.

이는 오두막 앞 곳곳에서 벌과의 사투를 벌리고 있는 서연과 표양, 위지강의 모습이 보였기 때문이었다.

"표양 아저씨 제대로 못해요? 앗! 어르신… 오셨어요? 그러고 보니 벌써 보름이 지났군요."

서연은 그런 표양과 위지강에 뭔가를 지시하며 일을 시키고 있다가 갑자기 들리는 목소리에 놀라 괴의에게 급히 인사를 했다.

"그래, 보름이 지났지. 그런데 대체 이게 다 뭐더냐?"

"아, 좀 엉망이죠?"

서연은 그런 괴의의 마음이 이해 가는지 말했다.

"그럼 이게 그럼 괜찮아 보이느냐? 뭘 하기에 처소가 이 모양이더냐?"

"아, 죄송해요 하지만 이게 다 나타샤 누나의 치료 때문이라서……."

"이게 다 그 처자의 치료 때문이란 말이냐? 치료를 어떻게 했기에……."

괴의는 이 난장판이 모두 나타샤의 치료 때문이라고 하니 어의가 없었다.

도대체 어떤 치료를 하기에 이 난리란 말인가?

"네, 마침 잘 오셨어요. 안 그래도 오늘 마지막 치료를 했으니 어떤지 한번 봐주세요."

"뭐라? 마지막 치료라니 그럼 완치되었단 말이냐?"

그런 서연의 말에 괴의는 놀랐다.

그도 그럴 것이 이곳에 올 때의 생각처럼 나타샤의 병세는 쉬이 볼 수 없는 것이었기 때문이었다.

"뭐 처음엔 막막했는데 치료약을 찾아서요. 이젠 많이 좋아졌어요."

"치료약이라. 그게 이것들과 관계가 있느냐?"

그런 서연의 말에 괴의가 주변의 벌집들을 가리키며 물었다.

"뭐, 척하면 탁이시네요. 하긴 그게 아니면 왜 이 난리겠어요."

"끄응, 하나 전요화단을 벌집으로 치료한다니 들어본 바가 없다. 혹 왕유를 쓴 게냐?"

"아뇨. 왕유가 몸을 보하는 보양식이지만 그 때문에 병세도 키우는 걸 아는데 어찌 사용하겠어요."

벌집이 보이자 괴의가 왕유를 쓴 건지 물었다.

이는 왕유가 몸을 보호해 일시적으로 상태를 호전시킬 수 있었기 때문이었다.

그러나 이는 잘못된 처방으로 서연의 말처럼 병의 기운도 같이 키워 뒤에 더 큰 증상으로 나타날 수도 있었다.

"알고 있어 다행이구나. 하면 벌집에 뭐가 있어 처자를 치유한 것이냐?"

'헤헤, 아무리 괴의 할아버지라도 이건 모르겠지. 훗날에야 알려진 것이니…….'

그렇게 괴의가 궁금해하자 서연은 그게 당연하다 여겼다.

"그건 일단 나중에 천천히 알려 드릴게요. 일단 누나의 상태부터 봐주세요."

"아, 그렇구나. 일단 환자부터 봐야지."

괴의의 물음에 서연은 순순히 가르쳐 줄 맘이 없는지 그를 나타샤에게 이끌었다.

그제야 괴의도 환자를 떠올렸는지 서연을 따라 오두막으로 들어섰다.

*   *   *

'이것들은 다 뭐냐? 이건… 분명 서봉주의 향기인데…….'

오두막에 들어서자 괴의는 더더욱 어리벙벙해졌다.

들어서자마자 보이는 탁자 위의 요상한 장치들과 그가 평소 익숙하게 맡던 서봉주의 향기가 그를 자극했기 때문이었다.

괴의가 말한 서봉주는 이곳 섬서지역에 특산주로 수수로

만든 고량주다. 높은 도수에 비해 끝 맛이 좋아 그가 매우 좋아하는 술이었다.

'음, 향기로 보아하니 잘 익은 놈이구나. 아차, 처자부터 봐야지.'

괴의는 그런 서봉주의 향기에 취한 듯 잠시 음미하고 있다 문득 나타샤가 떠오르자 자책했다.

"으흠, 처자는 어디에 있더냐?"

"저기 있어요."

그런 괴의의 물음에 서연이 나타샤를 가리켰다.

그녀는 괴의의 침상 위에 쥐죽은 듯 누워 있었다.

괴의는 그녀가 보이자 급히 다가가 상태를 살폈다.

한데 놀랍게도 보름 전엔 얼굴 전체에 퍼져 있던 반점들이 모두 사라져 있었다.

"어때요? 이만하면 완치된 거죠?"

"크음. 상태가 많이 호전되었구나. 그러나 이 병은……."

자신 있게 물어보는 서연의 태도가 맘에 들지 않은 탓인지 괴의는 뭔가 트집거리를 잡으려는 듯 말했다.

"네. 전요화단 같은 잠복기를 가지는 병은 그 뿌리를 뽑는 게 중요해서 마지막 관리가 중요하죠. 재발을 막아야 하니까요."

"크응. 알고 있으니 다행이구나. 그런데 처자의 수혈은 어

찌해서 짚어놓은 것이냐?'

자신이 하고자 한 말을 선수 치는 서연의 태도에 괴의는 살짝 성질이 올랐으나 우선 궁금한 것부터 물었다.

신의라는 명칭을 야바위로 딴 건 아닌지 나타샤가 그냥 잠에 든 것이 아니라 수혈이 짚여 있음을 알 수 있었던 것이다.

"그게 얼굴에 직접 치료제를 바르다 보니 너무 아파해서요. 아무래도 상처에 약이 쓰며들다 보니……."

사실 서연이 만든 치료제는 복용을 해도 상관이 없었다.

다만 이렇게 얼굴에 직접 바르는 경우 그 치료 속도가 빠르다는 장점이 있었다.

세 달 뒤에 가문으로 반드시 위지강을 보내야 하는 나타샤는 고통이 있더라도 직접 바르길 원했다.

서연 역시 괴의가 준 보름이라는 기간의 압박 때문인지 그런 그녀를 말리지 못했다.

그런 까닭에 치료 중에 나타샤는 항상 끙끙 앓을 수밖에 없었고 보다 못한 위지강이 그런 나타샤에게 약하게 수혈을 짚기 시작한 것이었다.

"그렇구나. 그럼 이 노란 점액 같은 게 그 치료제더냐?"

괴의는 그렇게 말하며 침상 옆에 놓인 노란 점액이 묻은 무명천을 가리켰다.

"네, 그것이 제가 말한 치료제인 프로폴리스예요."

"보로볼내수? 특이한 이름이구나."

"보로볼내수가 아니라 프.로.폴.리.스예요."

'서역 말이라 발음이 어려운건 이해가 가지만 보로볼내수가 뭐야, 보로볼내수. 큭…….'

괴의의 이상한 발음에 서연은 잠시 헛웃음이 나왔다.

그러나 이내 프로폴리스에 대해서 설명하기 시작했다.

프로폴리스는 꿀벌이 벌집 중 부서진 곳을 땜질해 놓은 부분을 말하는데 벌집에 세균의 침입을 막는 천연항생물질이었다.

서양에서는 기원전 삼백 년부터 쓰인 오래된 약재였지만 동양에 알려진 것은 근대에 와서의 일인지라 괴의 같은 의원도 이 시대에선 알기 힘들었다.

"그러니 네 말은 보로볼내수란 놈이 전요화단의 병기를 직접적으로 죽인다 이 말이냐?"

"네. 비단 전요화단뿐만 아니라 각종 피부병이나 상처에 의한 감염. 심지어는 감기에도 효과가 있어요."

"오호 네놈 말대로라면 만병통치약이구나. 처자의 상태를 보니 그 효과도 확실해 보이고. 한데 네놈은 그런 걸 어디서 안게냐?"

괴의는 자신도 모르는 이런 약재를 서연이 알자 궁금해 물었다.

"그게 전에 우연히 봤던 서역 책에서……."

유독 서연이 전생에 관련된 지식을 펼칠 때면 꼭 주변인들이 이렇게 날카롭게 질문을 던지곤 했다.

그러나 그걸 어찌 설명하겠는가?

서연은 이번에도 본 적도 없는 책 핑계를 될 수밖에 없었다.

"하기야 장가 놈 서책 욕심은 엄청나지. 그놈이라면 희귀한 서역 책자도 구할 만하구나."

다행인지 괴의는 장일의 서책 욕심을 잘 알고 있었던 탓인지 그런 서연의 엉성한 대답에도 이해하며 넘어갔다.

'휴, 다행이다. 살다가 할아버지 서책 욕심에 도움을 받을 때가 있네.'

서고에서 일할 때만 해도 그의 서책 욕심은 서연의 몸을 고달프게 하는 원흉이었지만 이렇게 도움을 받자 어색했다.

"그렇다면 저게 그 보로 뭐시기를 만드는 장치더냐? 분명 서봉주를 끓이고 있는 거 같은데……."

"네, 벌집에서 프로폴리스를 추출하기 위해선 술에 녹는 성질을……."

한숨 쉬는 서연의 모습을 보지 못했는지 괴의의 관심은 탁자 위의 요상한 장치들로 향했다.

그도 그럴 것이 오두막에 들어올 때부터 그의 관심을 집중시킨 서봉주의 향기가 거기서 나왔기 때문이었다.

그런 괴의의 질문에 서연은 프로폴리스를 추출하는 대표적인 방법인 에탄올추출법에 대해서 설명했다.

공학에탄올을 구할 방도가 없었기에 서연은 비슷한 도수의 서봉주를 이용한 것이었다.

"클클. 그렇구나. 네 덕분에 이 나이에 새로운 약재와 치료법을 알게 되다니 신선한 경험이구나."

서연의 자세한 설명 때문일까?

괴의는 프로폴리스의 효용과 그 추출법까지 대충 이해할 수 있자 크게 웃음기를 보였다.

'이럴 때 보면 생긴 것과는 달리 진정 의원이시구나.'

솔직히 어린 자신에게 뭔가를 배운다는 게 부끄러울 만도 하건만 그의 태도에는 그런 게 보이지 않았다.

오히려 새로운 것을 배운다는 즐거움에 진지하게 설명을 들을 뿐이었다.

그 모습에 서연에겐 약간의 감흥을 주었다.

"헤헤, 그럼 합격인가요?"

여튼 괴의의 그런 웃음기 띤 모습에 서연은 기회다 싶은 맘에 합격 여부를 밝게 물었다.

나타샤를 이리 호전시켰으니 당연히 합격이란 소리를 기대하고 있었다.

"클클, 네놈 시험 말이냐? 당연히 불합격이다."

"예~ 에?!"

불합격이라는 괴의에 대답에 서연은 크게 놀라 소리칠 수 밖에 없었다.

第五章

"이게 무슨 소리야, 유모가 잘못된 거야?"

"공자님, 무슨 일이십니까?"

갑작스레 들리는 서연의 비명에 밖에 있던 위지강과 표양이 급히 오두막 안으로 들어섰다.

그런 그들에게 놀란 서연은 아무 말도 할 수가 없었다. 그러자 그들에게 괴의가 한마디를 했다.

"클클, 처자는 괜찮으니 그리 놀랄 필요가 없다. 다만 이놈에게 시험이 불합격이라 한 것뿐이지."

"이봐, 영감탱이. 그게 무슨 소리야. 불합격이라니 그게 말이 돼?"

그런 괴의의 말에 위지강이 말이 되냐며 따졌다.

그는 보름 전과는 달리 나타샤를 치료한 서연에게 매우 큰 호감을 보이는 상태였다.

"의원도 아닌 네놈은 빠지거라. 뭘 안다고 나서는 게냐?"

"하지만 왜 불합격인가요? 납득할 수가 없어요."

괴의가 위지강에게 구박을 주자 어느새 정신을 차린 듯 서연이 납득할 수 없다며 물었다.

"클클, 네놈이 납득하든 안 하든 내 평가는 변하지 않는다. 네놈의 치료를 보면 난 네놈이 의원이라고 생각할 수도 없다."

"하지만… 도대체 왜?"

그런 서연의 물음에도 괴의의 대답은 한결같았다.

이에 서연은 그 연유라도 묻고자 했으나 위지강이 급히 말렸다.

"그만둬. 저 영감탱이 그저 첨부터 제자 들일 맘이 없었던 거야. 영감, 솔직히 말해봐. 그 시험이라는 것도 다 거짓말이지?"

급한 성질머리와는 다르게 제법 날카로운 면이 있는지 위지강은 처음부터 괴의가 거짓으로 서연을 대했음은 느낀 듯

했다.

"고놈 제법 날카롭구나. 그래, 본문에 이런 제자를 뽑는 시험 따위 본시 없었다. 클클."

"이봐, 이럴 줄 알았어. 유모도 자기가 치료할 자신이 없으니 네게 넘겼을 테지. 연아, 그냥 허명뿐인 늙은이의 제자 따위 네가 니 쪽에서 사양해 버려."

날카로운 질문에 괴의는 의외로 솔직히 말했다.

그러자 처음부터 그가 맘에 들지 않았던 위지강은 속사포같이 씹어대기 시작했다.

"……"

하지만 그런 위지강에 말에도 서연은 아무런 대답이 없었는데 뭔가 걸리는 점이 있었기 때문이었다.

'왜 그런 말씀을 하신 걸까?'

그저 불합격이라고만 했다면 위지강의 말처럼 어겼을지도 몰랐다.

하나 서연은 괴의가 의원이란 말을 걸고넘어진 게 마음에 걸렸다.

꼬장꼬장한 외모와는 다르게 그의 의원으로서의 모습은 진짜임을 봤지 않은가?

그런 그가 의원이란 말을 걸었다면 정말 자신의 치료에 문제가 있는 건 아닌가 하는 생각이 든 것이다.

그리고 그런 생각은 서연만이 한 것은 아닌 모양이었다.

"어르신, 그럼 공자님의 치료에 문제가 있었다는 겁니까?"

그렇게 물은 이는 바로 표양이었다.

"클클. 그래도 네놈이 나이는 멋으로 처먹지는 않았나 보구나. 그래, 저놈은 의원으로서 치명적인 실수를 했다."

"어르신께서 그렇다면 그렇겠지요. 그러나 실수가 있다고 하지만 나 소저의 상태가 호전된 것도 사실이 아닙니까? 공자님께 다시 한 번 기회를 주실 순 없으십니까?"

위지강과는 다르게 표양은 괴의가 실을 대단한 의술을 지녔다고 믿고 있었다.

이는 백원이나 조양학이 그를 대하는 태도 때문으로 그 정도 되는 사람이 조심스레 대하는 괴의가 헛된 소문의 주인공일 리 없다고 여긴 탓이었다.

하여튼 그는 서연이 제자가 되는 기회를 놓칠 듯하자 안타까운 맘이 들어 제안한 것이었다.

"클클, 네놈은 어떻더냐? 저놈 말대로 거짓말쟁이에 허명뿐일지도 모를 내 제자가 아직도 되고프냐?"

그런 표양의 정중한 부탁 때문일까?

괴의의 맘이 조금 변한 듯 서연에게 물었다.

"네. 한 번만 더 기회를 주세요."

장가장에서 이곳까지 온 이유가 그의 제자가 되기 위함이 아니었던가?

서연은 될 수만 있다면 그의 제자가 되고 싶었다.

"좋다. 저놈의 정중한 부탁도 있고. 처자가 호전된 것도 사실이니, 네 특별히 너에게 기회를 한 번 더 주마."

"감사합니다. 한데 기회라니 어떤 건가요?"

서연은 다시 한 번 기회를 얻자 감사한 마음이 들었다.

하나 그 기회란 게 또 어떤 걸 말하는지 궁금했다.

"다시 한 번 네게 시험을 내겠다는 말이다."

"시험이라. 이… 번엔 뭘 해야 하나요?"

괴의의 그런 시험이란 말에 서연이 약간 더듬거리며 물었다.

앞서 나타샤의 치료 같은 어려운 문제라면 골치가 아플 터였기 때문이었다.

"클클. 그리 얼지 말거라. 이번엔 간단하니. 내가 내는 시험이란 이번 처자의 치료에서 니가 무슨 실수를 했는지 알아오는 것이다. 단 기간은 오늘 해질녘까지다."

"해질녘이라구요?"

그런 괴의의 질문에 서연은 시간이 짧다는 듯 물었다.

그게 이미 중천이 지난 지 오래된 상황인지라 해질녘까지는 한두 시진 정도밖에 남지 않았기 때문이었다.

"그렇다. 해질녘. 왜 너무 시간이 길더냐? 더 줄여줄까?"

"아니요. 해질녘 알겠습니다."

서연의 그런 놀람을 다르게 읽은 탓인지 괴의가 오히려 시간이 줄이려 하자 서연은 금방 손사래를 쳤다.

"클클. 분명 기회를 줬으니 더 말이 없으리라 본다. 이번에도 내 기대를 충족치 못한다면 장일이 놈에게 돌아가야 할게야 알겠느냐?"

"네. 알겠습니다."

"그럼, 천천히 생각해 보거라. 니놈들도 나가자. 저놈 혼자 고민해야 할 문제니……."

괴의는 그렇게 엄포 후에 서연에게 생각할 기회를 주려는 듯 위지강과 표양을 데리고 오두막을 나섰다.

＊　　　＊　　　＊

괴의와 일행이 그렇게 오두막을 나가자 혼자가 된 서연은 천천히 나타샤의 치료에 대해서 생각해 보았다.

그러나 아무리 생각해 보아도 자신의 치료에서 별다른 실수를 찾을 수가 없었다.

"치명적인 실수라니 대체 뭘까? 아, 머리 아파. 아니지 머리 아플 새가 어딨어. 해질녘까지인데… 우선 치료 과정을 세세히 살펴보자. 우선 프로폴리스의 제조과정이……."

서연은 그렇게 말하며 벌집에서 프로폴리스를 추출하는 과정을 살폈는데 역시 문제가 없어 보였다.

"이건 아니야. 과정에 문제도 없을뿐더러. 조금 전까지 그게 뭔지도 모르시던 분인데 이걸 트집 잡을 리가 없어."

서연의 생각대로 괴의는 프로폴리스에 대해서 좀 전에야 알았다.

그런 부분을 탓하지는 않을 거라 서연은 여겼다.

"뭐가 문제일까요? 강이 형 말대로 그저 제자를 받기 싫다는 핑계로 억지를 부리시는 걸까요?"

답을 찾을 수 없자 답답해진 서연은 누워 있는 나타샤를 보며 혼잣말을 했다.

"그건 아닌 것 같아요."

"어? 누나 깨어 있었어요? 언제부터?"

자신의 혼잣말에 누워 있던 나타샤가 대답을 하자 서연은 깜짝 놀랐다.

"아까 어르신께서 시험을 내실 때부터요."

"아, 그럼 다 들으셨겠네요. 내색이라도 하시지……."

괴의와의 대화가 길어진 탓인지 약하게 짚어놓은 나타샤의 수혈이 그새 풀린 모양이었다.

"호호. 그게 공자님이 너무 고심하고 계셔서요. 끼어들기가 어렵더군요."

"아, 근데 누나. 아니라니 왜 그런 생각을 하신 거예요?"

"생각을 해보세요, 공자님. 어르신께서 그럴 생각이셨다면 이렇게 새로 기회를 주실 리가 없잖아요."

"생각해 보니 그렇네요. 그러면 누나 생각엔 제 치료에 뭐가 잘못된 것 같아요?"

서연은 나타샤의 말에 일리가 있자 납득했다.

그리고 나타샤의 생각을 물었다.

의원이 아닌 환자의 입장인 그녀라면 뭔가 아는 바가 있을까 해서였다.

"그거야 제가 의원도 아니니 알 수가 없죠. 다만 공자님이 좀 전까지 치료법에 관한 건 아닐 거예요."

"치료법이 아니다. 왜 그런 생각을 하신 거예요?"

"그거야 저 때문이죠. 이렇게 깨끗이 나았는데 치료법에 무슨 문제가 있겠어요. 이는 어르신께서도 트집 잡지 못할걸요."

서연의 물음에 나타샤는 이제는 완치되어 수포도 반점도 사라져 버린 얼굴을 쓰다듬으며 말했다.

"아, 그렇네요. 고마워요. 누나 말을 들으니 조금 정리가 되는 듯해요."

좀 전까지만 해도 괴의가 시험을 낸 의도에 대한 고민 때문인지 머릿속이 정리가 안 되는 느낌이었다.

그러나 나타샤의 말을 들으니 그 속에 서연이 원하는 답은 없었지만 복잡해진 머릿속이 풀리는 듯했다.

"뭘요. 저를 치료해 주신 공자님께 제가 고마워해야죠. 그나저나 어르신도 오셨으니 얼른 식사나 준비해야겠네요. 앗! 아야……."

자신의 말에 서연의 표정이 조금 풀리자 나타샤는 식사나 준비하려는 듯 일어서려 했다.

하나 갑작스런 통증에 약한 비명을 지를 수밖에 없었다.

일어서려 하자 얼굴에 발라둔 약이 상처에 스며든 듯 쓰라려온 탓이었다.

"누나. 괜찮아요? 아, 수혈이 풀렸지."

"아, 괜찮아요. 보름 전만 해도 이 정도 고통은 일상이었는걸요. 그새 편해졌다고 이러네."

서연이 걱정스레 묻자 나타샤가 안심시켰다.

"에효. 그놈의 참을성! 제가 전에 말한 거 기억하죠? 아프면 아프라고 말하란 거. 다른 데 이상은 없어요?"

참을성 때문에 이렇게 병을 키운 나타샤였다.

서연은 그녀가 그런 모습을 또 보이자 나무랐다.

"아. 음… 별다른 점은 없어요. 다만 약을 발라서 그런지 상처 부위가 후끈거리고 열이 나네요. 약간 어지럽기도 하고……."

그런 서연의 나무람 때문일까?

나타샤는 평소와는 다르게 서연에게 자신의 상태를 자세히 알렸다.

이는 지난 보름 간에는 없는 일이었다.

"아, 그건 별거 아니에요. 미약한 열은 약 기운이랑 병 기운이 싸운다는 증거거든요."

"호호. 사는 게 투쟁이라더니 틀린 말이 아니네요. 이렇게 내 몸에서도 싸움이 일어나니."

약간의 어지러움에 혹시나 한 생각이 든 나타샤였으나 서연의 말에 안심하며 웃었다.

"그러게요. 근데 누나 머리를 썼더니 저 배고파요."

"호호. 우리 공자님이 너무 고심을 하신 듯하네요. 이리 배고프다고 투정이시니."

그런 투정대는 서연의 모습이 귀여웠던지 나타샤가 웃으며 말했다.

"헤헤. 얼른 챙겨 주세요. 빨리 먹고 얼른 답을 찾아야죠."

"호호. 그렇게 드시다간 체해요. 급할수록 돌아가라는 말도 있잖아요. 조급해하지 마시고 천천히 고심하세요."

그런 서연의 제촉에 나타샤는 한 가지 충고를 하며 주방으로 향했다.

'급할수록 돌아가라구요? 아… 설마??'

그런 나타샤의 모습을 보던 서연은 뭔가를 중얼거리다 뭔가가 떠올랐다.

*   *   *

어느새 해질녘!

약속의 시간이 되자 일행들이 모두 오두막에 모였다.

그러나 오두막의 일행들의 표정에는 약간의 초조함이 배여 있었다.

이는 곧 괴의가 오면 서연이 답을 내놓아야 하기 때문이었다.

끼이익!

오두막이 열리고 드디어 괴의가 들어섰다.

"그래, 답은 내렸느냐?"

서연에게 생각할 틈을 조금이라도 주기 싫은 듯 괴의는 오자마자 답을 찾았다.

"쳇! 망할 늙은이 오자마자 답부터 찾네."

"쉿! 도련님 조용히 하세요."

위지강은 그런 괴의가 맘에 안 드는지 툴툴거렸다.

"네, 그렇습니다."

호들갑을 떠는 위지강과는 다르게 서연의 대답은 차분했다.

"오호? 그래, 그럼 답해 보거라."

"말씀대로 제가 치료엔 실수가 분명 있었어요. 그것도 두 가지나요."

"클클, 그게 뭐더냐?"

괴의는 서연이 얼마 안 되는 짧은 시간에 답을 내린 듯하자 기특해 보이는지 웃으며 물었다.

"첫 번째 실수는 누나의 얼굴에 직접 치료제를 발랐다는 점이에요."

서연이 생각한 자신의 실수는 바로 프로폴리스를 나타샤에게 복용시키지 않고 직접 바른 것이었다.

본시 병원균이란 자신을 해치려 드는 치료제와 만나면 살아남기 위해서 크게 반발하게 마련이었다.

고로 치료 초기의 나타샤의 몸처럼 면역력이 약해진 경우는 그 반발을 최소로 할 필요가 있었기에 환부에 직접 바르기보단 복용시켜 이런 반발에 내성을 기르는 게 옳았다.

그러나 보름이란 기간에 대한 중압감으로 빠른 치료를 위해 환부에 직접 바르는 것을 택했으니 이건 큰 실수가 틀림없었다.

"클클. 잘 깨달았구나. 넌 저 처자를 살리는 게 아니라 죽일 뻔했다."

"네, 시험이란 것에 짓눌려서 큰 실수를 했어요. 천만다행인 건 제가 오히려 미숙했다는 거예요."

서연의 말처럼 그런 서연의 실수에도 불구하고 나타샤가 저리 호전된 것은 우연의 산물이었다.

그 우연이란 바로 서연이 프로폴리스를 추출하는 것에 미숙했다는 것이었다.

실제로 처음해 보는 추출이었기에 초기의 치료제에는 프로폴리스의 함유량이 적을 수밖에 없었고 그에 따른 병원균의 반발도 적었기에 나타샤의 몸이 버틴 것이었다.

"그래, 잘 알고 있구나. 그럼 두 번째 실수는 뭐더냐?"

첫 번째 실수에 대한 서연의 대답이 맘에 든 건지 괴의가 두 번째 실수에 대해 물었다.

"그건 바로 누나의 수혈을 짚은 점이에요."

"그게 어찌해서 실수냐? 유모의 고통을 덜어준 것뿐인데?"

서연의 대답에 이번에는 위지강이 물었다.

수혈을 짚는 건 자신이 제안했기 때문에 맘에 걸린 것이었다.

"형 말대로 그건 좋은 의도에서 한 일이지만 그 때문에 전 앞에 한 제 실수를 찾을 수가 없었어요."

"그게 무슨 말이냐?"

"수혈을 짚는 바람에 누나에게 치료 당시의 몸 상태에 대한 정보를 얻을 수 없었어요. 만약 누나가 깨어 있었다면 이상 여부를 말했을 테고 그렇다면 첫 번째 실수를 찾을 수 있었겠죠."

"아… 그렇구나. 미안하구나, 나 때문에……."

반발하던 위지강은 그런 서연의 설명에 이해가 갔다.

그녀를 위한다고 한 행동이 그녀의 몸 상태를 살필 기회를 날린 것이었다.

"아니에요. 형이 무슨 잘못이에요. 허락은 제가 했는데… 저 역시 치료제를 찾았다는 생각에만 빠져서 간과한 거예요."

그런 위지강의 사과에 오히려 서연이 미안해했다.

다시 한 번 자신의 치료가 얼마나 엉성했는지 반성할 기회가 되었다.

"네놈! 잘 듣거라. 의원으로서 제일 하지 말아야 할 것이 병을 우습게 보고 환자를 우습게 보는 것이다. 네놈은 치료제를 찾았단 생각에 병을 우습게 여겼고, 환자를 위한다는 배려로 환자의 상태를 살펴볼 기회를 날렸으니 이는 환자를 우습

게 여긴 것이다. 네놈이 의원으로 살아가고 싶다면 쥐꼬리만
한 실력에 교만해져 다시는 병과 환자를 우습게 여겨서는 안
될 것이다. 알겠느냐?"

"네, 명심하겠습니다."

괴의는 그렇게 의원으로서의 마음가짐에 대한 충고를 했
다.

그게 가슴에 와 닿은 탓인지 서연은 가슴에 새겼다.

"그럼 공자님의 시험은 어찌 되는 겁니까?"

괴의가 그렇게 서연에게 충고까지 하자 표양이 기회라 여
겨 물었다.

분위기로 봐서 서연의 대답이 괴의의 맘에 든 듯해서였
다.

"시험이라… 그전에 네게 하나 질문이 있다."

그런 표양의 말에 괴의가 잠시 서연을 빤히 쳐다보다 물었
다.

"그게 무엇입니까?"

"이번 네 치료에 점수를 구분법으로 어떤 점수를 주겠느
냐? 처자가 완치되었으니 상상(上上)이더냐? 아니면 실수를
했으니 하하(下下)더냐?"

구분법이란 상중하에 다시 상중하를 붙여서 점수를 매기
는 방식인데 젤 좋은 점수는 상상(上上) 젤 나쁜 점수는 하

하(下下)였다.

"갑자기 치료에 점수라니……."

그런 괴의의 질문에 서연은 당황스러웠다.

치료에 점수를 매긴다는 자체가 말이 안 된다 여긴 탓이었다.

그러나 그렇게 물어오는 질문에 답을 아니 할 수도 없는 일 서연은 잠시 생각에 잠겼다가 이윽고 답했다.

"누나의 치료에 점수를 매긴다면 정확히 중중(中中)입니다."

"중중(中中)이라? 실수한 것치고는 꽤 후하구나."

"제 치료가 아니고 누나의 치료입니다. 제게 점수를 매긴다고 하면 하하(下下)도 과한 점수이나 치료는 저 혼자만 한 것이 아니었습니다."

서연은 그렇게 말하며 괴의와의 대화가 방해될까 조용히 있는 일행들을 쳐다보았다.

'벌집 구한다고 고생한 표 표사 아저씨와 강이 형! 그리고 고통 속에서도 묵묵히 치료를 참아준 나타샤 누나!'

그동안의 일행의 노고가 떠오르는 듯 잠시 말을 끊었던 서연은 괴의를 바로 마주보며 말을 이었다.

"저분들이 저 같은 엉터리보단 진정 의원이었습니다. 그러니 저분들의 노고를 따진다면 중중(中中)은 결코 높은 점수가 아닙니다. 상상(上上)을 줘도 아깝지 않을 노고를 저의 실수로 깎아먹은 겁니다."

"공자님!?"

"크윽. 훌쩍 공자님!"

"크음… 서연이 이 녀석이……."

그런 서연의 대답에 먼저 반응한 것은 괴의가 아니라 일행들이었다.

그들은 서연에 대답에 감동했는지 한 번씩 서연을 부른 것이었다.

"그래서 중중(中中)이라? 컬컬컬!"

괴의도 그런 그들에 모습이 보기 좋았던지 그답지 않게 크게 웃었다.

기실 괴의는 그렇게 웃는 것엔 다른 이유가 있었다.

서연이 대답에서 과거 사부와 지내던 어린 시절을 떠올랐기 때문이었다.

과거 자신도 이렇게 사부에게 치료에 점수를 매겨 보라는 질문을 받은 적이 있었기 때문이다.

자신의 손으로 첨으로 환자를 치료한 후 의기양양한 그에게 사부가 물어본 것이었다.

당시 그는 기고만장하게 치료에 상(上)자를 붙였는데 그런 그에게 들려온 것은 사부의 큰 호통 소리였다.

'의원의 치료에 상상(上上)이란 점수는 없다. 이는 어떠한 의원도 환자의 살고자 하는 의지가 없으면 병을 치료할 수 없기 때문이다. 고로 의원이 가질 수 있는 최고의 점수는 중중(中中) 그 이상의 점수는 있을 수 없는 일이다!'

괴의는 의원으로서 삶을 살면서 항시도 이를 잊지 않고 귀감으로 삼았는데 서연의 대답이 이를 떠오르게 한 것이었다.

'중중(中中)이라. 인연인건가? 사부님! 이 녀석이 저보단 낫습니다. 컬컬!'

과거 치료에 함부로 상자를 붙이던 그보단 실수를 하긴 했지만 자신의 사부가 말한 의도를 제대로 파악하고 중중이란 점수를 매긴 서연이 나아 보였고 기특했다.

"네놈!"

그렇게 웃던 괴의는 서연을 불렀다.

"네?"

"합격이다!"

"네! 네엣? 정말요??"

갑작스런 말에 잠시 의미를 파악하던 서연은 합격이란 소리에 놀라 물었다.

그런 서연의 물음에 괴의가 고개를 끄덕이자, 서연의 놀람은 기쁨으로 변했다.

"축하해요. 공자님!"

그리고 그렇게 기뻐하는 서연의 곁에는 제 일처럼 같이 기뻐해 주는 일행들도 있었다.

第六章

사흘 후!

　괴의의 오두막 앞이 북적였다.

　치료를 마친 나타샤와 위지강이 자신의 세가로 돌아갈 날
이 온 탓이었다.

　"누나! 잘 가요."

　"고마워요. 공자님을 만난 게 행운이었어요."

　"뭘요. 제가 여기 남을 수 있는 것도 누나 덕분인데."

　"아니에요. 공자님이시면 혼자서도 충분히 알아내셨을 거
예요. 그나저나 도련님도 얼른 인사하셔야죠."

나타샤는 그런 서연의 말에 겸양의 말을 전한 후에 위지강을 불렀다.

　"크음. 그동안 고마웠다."

　이런 상황이 어색한 듯 보이는 위지강은 그래도 서연에 대한 맘은 나타샤와 같은지 고마움을 전했다.

　"뭘요. 형도 잘 가세요. 다음에 또 뵐 기회가 있겠죠?"

　"걱정 말거라. 내 반드시 그 늙은이를 찾아올 테니 꼭 한 대 먹이고 말거거든."

　서연의 말에 위지강은 전에 괴의에게 맞은 게 가슴에 남았는지 그렇게 말했다.

　"그럼 저도 얼른 무공을 익혀야겠네요. 그래도 사부님 되실 분이 형한테 맞는 걸 볼 수는 없잖아요."

　"그러면 네 녀석이랑 먼저 승부를 봐야겠구나. 그러나 이대로라면 어림도 없다. 열심히 배워 두거라."

　위지강의 말처럼 서연과 그의 무공 격차는 엄청났다.

　"형, 그때는 살살 알죠?"

　"신교의 비무에 살살이란 없다. 온 힘을 다해주마. 그러니 너도 준비 확실히 해두거라."

　"네. 반드시 형하고 승부를 걸 만한 무공을 익혀 둘게요. 그나저나 표 표사, 아니, 표 아저씨! 정말 같이 가실 거예요?"

위지강과의 이야기가 끝나자 서연은 이번엔 표양을 찾았다.

그 말로 보아 표양이 위지강 일행을 따라나서는 듯했다.

"저 녀석이나 종남의 도사님 말처럼 그놈의 자전마왕이 대마두가 아닌지 직접 확인해야겠습니다."

"정말 괜찮으시겠어요? 표국도 그만두시고 우칠 표두님이 뭐라고 안 해요?"

"우칠 형님이야 제가 꽉 잡고 있지 않습니까? 걱정 마십시오."

"흥, 그런 사람이 입술이 그렇게 터져서 와요?"

그런 표양의 말에 나타샤가 맘에 들지 않는지 터진 입술을 가리키며 말했다.

"그게 나 소저. 이건 나 소저가 생각하는 그런 상처가 아니요… 어디까지나 우정의 징표로써……."

표독스런 말투와는 다르게 나타샤는 그런 표양을 걱정하는 투였다.

그런 나타샤에게 변명을 하는 표양도 그 얼굴이 붉어지는 것이 둘 사이에 뭔가가 있어 보였다.

"하하. 아무래도 표 아저씨. 형네 조부님보단 딴사람을 보러가는 거 같네요."

"흥! 유모는 저딴 놈이 뭐가 예뻐서……."

그런 둘의 모습에 서연이 웃으며 말하자 위지강은 그게 맘에 들지 않는지 툴툴거렸다.

표양이 말도 안 되는 이유를 붙이며 이들을 따라나서는 것은 나타샤 때문이었다.

지난 보름 사이 병이 나아감에 따라 점점 미모를 회복한 나타샤에게 그만 반해 버린 탓이었다.

보름 동안 집에 안 가냐는 서연의 핍박에도 남아 나타샤의 치료를 도운 것도 그 때문이었다.

문제는 그런 정성 때문인지 치료 후반에 나타샤도 마음을 연 것이었다.

위지강은 그런 나타샤가 전혀 이해가지 않는지 툴툴거리고 있었다.

"이놈들이 짝 없는 늙은이를 놀리는 게냐? 얼른 안 가고 뭐하는 게냐?"

그런 둘의 모습은 괴의의 성질도 자극했나 보다.

"그게 어르신께 인사도 없이 어떻게 가겠어요? 그동안 감사했습니다, 어르신"

그런 괴의에게 나타샤가 다가와 말했다.

"인사는 무슨… 됐다. 그리고 이거나 받거라."

괴의는 그렇게 말하며 나타샤에게 웬 보따리를 건넸다.

"이게 뭔가요?"

"뭐긴 뭐겠느냐 약이지. 저놈이 만든 그 보노 뭐시기에 내가 아는 약초를 좀 섞어 넣었으니 그 효과가 더 좋을 게다."

"감사합니다. 어르신. 흑… 이 은혜를 어찌 다 갚아야 할지."

그런 괴의의 정성 때문인지 나타샤는 살포시 눈물이 나왔다.

"은혜는 무슨… 다 나은 것 같아도 그 병은 쉬이 뿌리가 뽑히지 않는 병이다. 몸이 피곤해지면 다시 올라올 수도 있으니 약을 꼭 챙겨 먹거라."

나타샤가 그렇게 울먹이며 감사하자 괴의는 당부의 말을 전했다.

"걱정 마, 영감. 약은 내가 다 챙길 테니……."

"네놈 성정에 잘도 챙기겠다. 가는 길에 사고나 안 치면 다행인 것을… 쯧쯧."

위지강이 자신 있게 나서자 괴의가 말했다.

"하하, 어르신 걱정 마십시오. 제가 있지 않습니다. 나 소저는 제가 반드시 챙기겠습니다."

이번엔 표양이 나섰다.

"에헹. 이놈이나 저놈이나. 네놈이 더 미덥지 않다, 이놈아. 그나저나 언제까지 꾸무적댈 셈이더냐. 얼른 꺼지거라."

그런 표양도 괴의는 미덥지 않은지 그렇게 쏘아붙이곤 일행이 가는 걸 보지도 않고 오두막으로 들어갔다.

"저놈의 늙은이 성질은 자기가 더 부리면서……."

그런 괴의의 뒷모습을 보던 위지강이 뭔가 아쉬운지 툴툴 거렸다.

평소 말과는 달리 그도 괴의에게 정이 든 모양이었다. 역시 싸운 정이 무서운 법인가??

"자자, 이만 출발하세요. 벌써 해가 지려고 해요."

이대로 있으면 배웅에 끝이 안 보일 듯하자 서연이 시간을 상기시켰다.

"아, 이제 출발해야겠어요. 공자님, 담에 꼭 신강으로 놀러 오세요."

"그래. 너라면 언제든 환영이다."

정말 출발할 때가 제자 나타샤와 위지강은 발길을 옮기며 서연에게 신강으로 찾아올 것을 권했다.

"네, 기회가 되면 꼭 갈게요. 표 아저씨도 볼 겸……."

그리고 그런 그들의 초대에 서연은 한번은 훗날 찾아봐야 겠다는 생각을 했다.

"공자님 열심히 하십시오. 공자님이면 반드시 명의가 되실 겁니다."

마지막까지 남아 있던 이는 표양이었는데 이 말을 서연에 게 하고팠나 보다.

"네, 아저씨. 꼭 명의가 될게요. 그리고 감사했어요. 아저씨 덕분에 여기까지 올 수 있었어요."

"아닙니다. 저야말로 공자님 덕분에 나 소저를 만났으니⋯⋯."

"하하! 그러니 누나한테 잘하세요. 싸우지 마시구요?"

"하하 나 소저랑 싸우다뇨. 그런 일은 없을 겁니다. 그럼 공자님 이만 가봐야 할 듯합니다. 담에 꼭 뵐 수 있었음 좋겠습니다."

"네, 아저씨도 조심히 가세요."

그렇게 서연은 가장 친하게 지내던 표양까지 떠나보냈다.

'아, 막상 모두 떠나니 괜히 허전하네.'

모두랑 헤어지자 서연은 왠지 모르게 섭섭했다.

이는 그동안 알게 모르게 그들과 쌓인 정이 적지 않아서였다.

*　　　*　　　*

끼이익!

일행을 배웅하고 오두막에 들어서자 탁자 위에 앉은 괴의의 모습이 보였다.

"이리 앉거라. 다들 잘 갔더냐?"

"네."

"클클, 일단 차나 한잔 들거라."

서연이 탁자 맞은편에 앉자 괴의가 차를 한잔 건넸다.

"그래, 섭섭하더냐?"

"그야 뭐, 그동안에 정도 있고……."

"그거 말고 내가 있지도 않은 시험을 낸 것 말이다."

"아! 아니에요. 오히려 배운 점이 많았거든요. 덕분에 여기에 남을 수 있게 되었으니 기쁜 일이기도 하고요."

'그리고 얻은 것도 있었죠.'

서연이 생각한 얻은 것이란 바로 천선기였다.

의원으로서의 자세에 대한 깨달음 덕분인지 다음 날 일어나보니 콩알만 하던 것이 어느새 호두알 정도까지 커져 있었다.

"그래? 과연 기쁜 일일까?"

평생을 사문의 숙원에 바친 괴의였다.

이제 제자가 된다면 그 숙원은 서연에게 이어질 터 괴의는 그 점이 내심 마음에 걸렸다.

"그게 무슨 말이세요?"

"아니다. 일단 갈 곳이 있으니 따라오거라."

그런 말에 서연이 의문을 품자 괴의는 그 말을 끊고는 자리를 나섰다.

"이 시간에 어디를 가시는 거지? 아! 같이 가요."

그렇게 나서는 괴의의 모습에 이미 어두워지고 있는 밖의 상황에 서연은 의아해했다.

하나 그도 잠시 어느새 오두막을 벗어났는지 괴의의 모습이 보이지 않자 급히 그를 따라 나섰다.

*　　　*　　　*

괴의가 서연을 이끈 건 거처 인근의 한 천연 동굴이었다.

이미 날이 어둑했던지라 동굴 안은 깜깜해서 서연은 괴의를 따르기가 힘들었다.

그런 서연 때문일까?

괴의가 품에서 화섭자를 꺼내 켰는데 그러자 내부를 살펴볼 수 있었다.

불을 켠 괴의는 익숙하게 동굴 벽 쪽으로 향했다.

그곳엔 일정 간격으로 불을 지필 수 있는 횃대가 박혀 있었다.

이로 보아 이곳은 그저 그런 천연 동굴이 아니라 오랫동안 괴의의 손으로 관리된 곳임을 알 수 있었다.

그렇게 이어진 횃대에 불을 붙이며 한참을 걷자 마침내 동굴이 그 끝을 보였다.

"아니, 이런 곳에 저런 게……."

서연은 그런 동굴의 끝에 웬 사당 같은 것이 보이자 놀랐다.

그러나 괴의는 그런 서연의 놀람에는 관심 없다는 듯이 그저 익숙하게 사당 주변에 불을 밝히고는 이내 사당의 문을 열었다.

사당의 문을 열자 보이는 것은 위패들이었다.

그리고 위폐를 보자 괴의는 엄숙하게 큰절을 올리기 시작했다.

그런 모습을 서연이 멀뚱히 서서 보고만 있자 괴의가 소리쳤다.

"뭘 멀뚱히 서서 보고 있누. 본문의 선사들이시다. 인사 올리거라."

"아. 여러… 어르신들 서연이 인사드려요."

그런 괴의의 말에 서연은 급히 인사와 함께 괴의처럼 큰절을 올렸다.

"클클. 어르신들이냐? 조사님들이고 부르거라?"

아직 정식으로 괴의가 제자로 인정한단 소리가 없었기에 서연은 어르신이란 말로 위패에 인사를 올렸는데 이를 보곤 괴의가 한 소릴 했다.

"그게 아직 정식으로 제자로 인정한단 말씀이 없으셔

서······."

시험을 마치고 지난 사흘간 괴의는 제자로 받는 것에 대해
별말이 없었던 것이었다.

"클클, 내가 이곳까지 널 데려온 이유가 뭐겠느냐? 다시 한
번 묻겠다. 정녕 내 제자가 되고픈 게냐?"

"네, 물론이에요."

괴의의 그런 물음에 서연은 당연하단 듯 말했다.

앞서 말한 대로 괴의의 의술뿐만 아니라 그 무공에도 반한
탓이었다.

"좋다. 그럼 조사님들께 우선 구배를 올리거라."

그런 괴의의 말에 서연은 위패를 향해 구배를 올렸다.

그런 서연의 절 올리는 모습을 괴의는 흐뭇하게 바라보았
다.

"절을 마쳤으면 이번엔 나에게 구배를 하거라."

이윽고 서연이 구배를 마치자 괴의는 자신에게 구배를 청
했다.

서연은 그런 괴의의 말에 그를 향해 아홉 번 절하자 괴의가
말했다.

"이로써 너와 내가 정식 사제지간이 되었으니 이제부턴 날
사부라 칭하거라."

"엥, 이게 끝인가요?"

전생에 본 영화 탓인지 화려한 제자 신고식을 기대했던 서연은 이렇게 간단히 그의 제자가 되자 의아했다.

"클클. 뭘 기대한 게냐? 선사께 인사하고 나에게 인사했으면 된 게지. 그나저나 이리 제자가 되었으니 반드시 알아두어야 할 점이 있다. 본문에는 한 가지 숙원이 있는데 그걸 위해 네 평생을 바쳐야 할지도 모른다. 후회 없겠느냐?"

"혹 그 숙원이라는 게 한 가지 물건을 찾는 건가요?"

"네가 어찌? 아… 장가 놈! 그래, 맞다. 한 가지 물건을 찾는 것이다. 그를 위해 내 평생을 바쳐왔지."

괴의는 서연이 사문의 숙원에 대해서 알자 잠시 놀랐으나 장일을 떠올리자 이해가 갔다.

"대체 그 물건이 무엇이기에 그리 오랫동안 찾아오신 거예요?"

대체 무슨 물건이기에 괴의가 그리 애타게 찾아온 것인지 서연은 궁금했다.

"그를 위해선 우선 사문에 대해서 설명을 해야겠구나. 네 녀석 혹시 구류천황, 아니, 십전서생이라 불리신 분에 대해서 아느냐?"

"구류천황? 음… 십전서생이란 말은 어디서 들어본 거 같은데……."

괴의의 입에서 갑자기 웬 인물에 대한 이야기가 나오자 서연은 들어본 바가 없는지 갸웃거렸다.

"하기사 육백여 년 전의 인물이시니… 네가 모를 만도 하지. 그러나 이제부턴 반드시 기억해야 할 것이다. 그분이 바로 본문의 개파조사이시니……."

괴의는 서연이 그렇게 조사에 대해 알지 못하자 그에 대한 설명을 시작했다.

第七章

구류천황 또 다른 이름으로 십전서생이라 불린 인물의 이름은 양시습이었다.

　그가 처음 강호에 모습을 드러낸 것은 지금으로부터 약 육백여 년 전으로 당 말기의 혼란기로, 그 모습이 후한말의 모습과 별반 다를 바가 없었다.

　외척과 관리들의 권력싸움에 조정의 힘이 약해지자 천하 곳곳에서 반란이 일어났다.

　그중에서 황소가 일으킨 난은 당의 숨통을 끊어놓기에 족했다.

그런 상황에서 피해를 보는 것은 일반 백성들이었다.

도적 떼가 성행하고 못 먹고 못 입다 보니 곳곳에서 전염병이 창궐한 것이었다.

그러나 조정의 위정자들은 그럼에도 불구하고 권력싸움에 집중할 뿐이었다.

이를 보다 못해 나선 이가 있었으니 바로 양시습이었다.

어느 날 중원에 홀연히 나타난 그는 무공뿐만 아니라 시서화 등등 다방면에서 뛰어난 모습을 보여 십전서생이라 불리게 되었다.

그런 그의 재주 중에는 의술도 있어 천하에 만연한 전염병을 잡기 위해 나선 것이었다.

그러길 십여 년.

그는 어느새 한 명의 무부나 의원이 아닌 성자가 되어 있었다.

"어… 그거… 의성(醫聖)의 이야기잖아요. 그리고 보니 십전서생이 의성을 가리키던 말이었죠? 그렇다면 초대 조사님이 의성(醫聖)이시란 거예요?"

"클클, 의성(醫聖)이란 호칭은 잘 알고 있구나."

서연이 그렇게 놀란 데는 이유가 있었다.

처음 이곳에 와서 놀란 게 의원 중에서 화타나 편작 못지않게, 아니, 그 이상의 존경을 받는 의원이 있다는 것이었다.

    화타나 편작이 높은 의술로 인정받는 것과는 달리 의성은
의술보다는 그가 행한 수많은 협행으로 존경받았다.

    이는 서연도 마찬가지로 그의 행적을 들을 때마다 큰 존경
심이 생겼었다.

    그런 그가 자신의 초대 조사라니 서연으로서는 놀랄 수밖
에 없었던 것이다.

    "저도 의원이 되겠다고 생각한 사람인데 어찌 그분을 모르
겠어요. 그런 분이 우리 조사님이라니 굉장하잖아요. 그다음
은요? 그담엔 어찌 되셨어요?"

    "클클, 우리 조사님이 그런 분이시긴 하지. 그다음 이야기
를 하자면……."

    괴의는 그런 서연의 호들갑스런 말에 웃으며 말을 이었다.

    홀로 시작한 의성의 협행은 그를 따르는 수많은 추종자를
만들었다.

    그리고 이런 추종자들로 인해 여러 문제가 생겼다.

    바로 그들을 관리하고 먹여 살리는 문제였다.

    고심하던 의성은 이를 해결하기 위해 추종자들을 모아 한
세력을 만들었고, 그것이 바로 구류방이었다.

    "아, 그런 그 구류방이란 것이 우리 사문인가요? 한데 구류
방이라 이름이 특이하네요. 연합의 느낌도 들고……."

    "잘 봤다. 당시 조사님을 따르는 이의 대부분은 일반 민초

들이었다. 그러다 보니 이런저런 인물들이 다 모일 수밖에 없었지."

"아. 그럼 그런 사람들의 무리가 총 아홉이라는 거군요."

그런 괴의의 말에 서연이 뭔가가 떠오른 듯 물었다.

"그래. 농민부터 상인… 심지어는 유생들까지 그렇게 비슷한 성향의 사람들이 무리를 이루자 총 아홉 무리가 생긴 게지. 구류방이란 이름은 그 때문에 생겨났단다."

"아, 그럼 우리 사문은 그중에서 의원들의 무리인가요?"

"척하면 딱이구나. 네 말대로다 정확한 명칭은 의림(醫林)이라 불린단다. 내가 바로 그 의림의 십구대 림주고, 내 다음엔 네가 이십대 림주가 되겠구나."

"의림이라 의림… 한데 사부님 말씀대로면 구류방의 크기가 작지 않아 보이는데 왜 전 한 번도 들어본 적이 없을까요?"

괴의가 말한 의림이란 단어를 중얼거리는 서연이 뭔가 궁금한지 물었다.

"그건 강호에 나서지 말라는 조사님의 명 때문이란다."

"아니, 어째서 그런 명을?"

서연은 그런 명령을 왜 의성이 내린 건지 궁금했다.

이왕지사 세력을 형성했으면 그 힘을 한번 써 봄직하지 않은가?

"그것에도 이유가 있단다. 당시 구류방을 세우신 조사님은 가장 믿었던 이에게 배신을 당하셨단다."

"배신이라구요? 대체 누가?"

"구류방은 민초들의 모임이지만 그 힘이 결코 약한 것이 아니었다. 이는 당시 조사님을 따르던 백성들의 수가 엄청났기 때문이란다. 그런 힘이 있으니 그 힘을 이용해 먹기 위해 달려든 자가 작지 않았지. 그중엔 주온이란 작자도 있었다."

"주온이라… 설마 그 주온이라면 그 주전충을 말하는 거예요?"

괴의가 말한 주온이라는 이름에 서연이 놀라 물었다.

주온 훗날 당조정에서 전충이란 이름을 받는 그는 당을 멸망시키고 후양을 세워 황제에 오르는 인물이었다.

"그래, 당시에 절제사의 위치에 있던 그는 조사님의 협행을 초기 때부터 도왔다. 그런 그이기에 조사님께선 그에게 방의 관리를 맡기셨지."

"어찌해서 조사님께서 관리를 안 하시고 그에게……."

서연은 의성이 직접 관리를 하지 않은 연유가 궁금했다.

"그건 그분이 천상 의원이셨기 때문이란다. 방의 관리보단 병든 백성들을 찾아가고 싶은 거였지. 그런데 그게 문제였다. 조사께서 방을 비우자 마각을 드러낸 게야."

"마각이라면……. 설마 주전충의 난?"

"그래. 당시 백성들의 당조정에 대한 신뢰도는 바닥이었다. 이를 이용해 백성들을 선동한 게지. 그리고 구류방을 중심으로 해 반란을 일으켰단다."

"아, 이제야 예전에 가졌던 의문이 풀리네요. 당시 백성들이 왜 그를 그리 따랐는지……."

주전충은 본시 황소의 난 당시 황소의 부하였던 자로 수많은 백성을 약탈해 원성이 자자한 인물이었다.

그러나 당 조정과의 전쟁에서는 백성들이 그를 크게 따랐다고 했다.

평소 이 역설적인 상황을 이상히 여긴 서연이 괴의의 말을 듣자 이해가 간 것이었다.

"뒤늦게 조사께서 그 사실을 알고 오셨으나 이미 시작된 전쟁은 걷잡을 수가 없었다. 그리고 마침내 당을 멸망시킨 후 더 큰일이 벌어졌지."

"주전충이 배신했겠군요."

"그래. 천하를 장악한 그를 구류방으로선 상대할 수가 없었다."

"아, 그래서 그런 명을……."

서연은 이제야 왜 조사께서 그렇게 나서지 말라고 하셨는지 알 수 있었다.

"단순히 주전충의 눈을 피해라는 뜻은 아니실 거란다. 아마 구류방의 방도들이 다시 이렇게 선동될까 무서우셨던 게지."

'휴. 한 무리의 수장이 되는 것이 쉬운 것이 아니구나. 얼마나 힘드셨을까? 사람을 믿은 것뿐인데……'

서연은 괴의의 말을 들으며 당시 의성이 가졌을 상심이 얼마나 컸을까 생각했다.

"그럼 그 후엔 어찌 되셨나요?"

"그게 결코 강호에 나서지 말라는 말을 하신 후에 홀연히 잠적하셨단다. 주천충이 그분을 찾고 있으니 혹시나 방도들이 위험에 처할까 떠나신 게지. 여튼 그 후로 본방은 아홉 무리의 수장에 의해서 연합의 형태로 이어져 왔단다."

'음, 정말일까? 방도들 때문에 홀쩍 떠난다라?'

괴의의 말에 대충 서연은 사문에 대해서 알 수가 있었다.

그러나 의성의 잠적에 대해선 약간의 의문이 들었다.

그가 그렇게 떠난 게 왠지 책임감 없어 보였기 때문이었다.

아무리 주천충의 눈이 무섭다 해도 그가 떠난 후에 방도들이 가질 혼란이 더 클지도 모를 일이 아닌가?

"그런데 사부님. 이 이야기와 찾는 물건이 무슨 관계인가요?"

"그래. 조사님에 대해 네가 궁금해하자 이야기가 길어졌구나. 그러나 이 이야기와 관계가 있다. 바로 내가 찾는 물건이 조사님의 신물이기 때문이지."

서연의 말에 괴의도 조사인 의성에 관한 이야기가 길어졌음을 깨달았다.

그리고 이내 서연에게 자신이 찾는 물건이 무엇인지 설명하기 시작했다.

*　　　*　　　*

"찾으시는 물건이 조사님의 신물이라면 당금의 구류방엔 큰 문제가 생겼겠군요!"

"호, 어찌 그리 생각하는 게냐?"

괴의가 찾는 물건이 조사의 신물이라는 것을 깨닫자 서연은 잠시 생각에 잠겼다. 그리고 뭔가가 떠오르는 듯이 말을 이어갔다.

그리고 그런 서연의 말은 괴의의 호기심을 자아냈다.

"조사님께서 잠적하신 지가 근 육백 년이라고 하셨잖아요. 그 긴 세월 동안 못 찾은 조사님의 신물을 이리 급하게 찾으신다는 것은 뭔가 이유가 있겠지요."

"그래서?"

"조사님의 신물이라는 것은 구류방의 정통성을 상징하는 물건이겠지요. 그렇다면 그런 물건이 필요한 이유가 뭘까요?

자세히는 모르겠지만 아마 내부분열이겠지요. 파가 갈리고 뜻을 달리하는 자가 있으니 정통성이 있는 물건으로 뜻을 통합하고자 하시는 게 아닌가 생각이 들었어요."

"네가 똘똘하다는 말은 들어왔지만 진정 사천소거인이란 그 별호에 맞게 생각이 깊구나."

괴의는 서연의 답에 살짝 놀란 표정으로 답했다.

서연의 예상처럼 당금의 구류방엔 파가 갈려 문제가 있었던 탓이었다.

"그럼 제 예상대로인가요?"

"그래. 당금의 구류방은 크게 두 파로 갈리었다. 그럼 어째서 이렇게 갈린 것 같으냐?"

"아마 조사님의 유명 때문이 아닌가요? 은인자중하라고 조사님께서 말씀하셨지만 그 기간이 육백 년이라면 너무 긴 세월이에요. 아마 불만이 생겨날 수밖에 없겠지요."

"클클. 네 녀석은 의원보다 책사가 더 어울리겠구나. 그래, 네 말대로 당금의 구류방은 온건파와 강경파 두 부류로 나뉘었다. 그리고 방이 갈릴 위기에 있지."

서연의 대답에 만족한 듯 괴의는 클클대며 당금의 구류방의 현실에 대해 설명했다.

주전충의 배신에 의해 크게 힘을 잃은 구류방이지만 세월이 지나자 잃은 힘은 보충되었다.

초대 조사인 의성의 뜻에 따라 음지에서 백성들을 보호하기 위해 많은 일을 해왔기에 그 뜻에 반한 이들이 속속 합류하기 시작한 것이었다.

그러길 육백 년이었다.

당연히 방의 힘을 커질 수밖에 없었다. 그러나 이런 힘은 부작용을 가져왔다.

바로 강경파라 불리는 이들이 생겨난 것이었다.

이들은 은인자중하라는 조사의 명을 따르기보단 보다 적극적으로 세상으로 나가야 한다고 설파했다.

그리고 그런 주장은 조사의 유명을 기억하는 온건파에 의해서 막혔다.

하지만 세월이 지날수록 달라졌다.

강경파의 주장은 혈기 넘치는 방의 젊은이들에겐 호응을 얻을 수밖에 없었다.

이런 이들이 나이가 들어 방의 중추로 떠오르자 그 힘이 커져 간 것이었다.

그리고 마침내 강경파의 힘은 온건파의 힘을 넘어섰다.

방의 수뇌부들은 그제야 문제의 심각성을 파악했지만 이미 밀리기 시작한 흐름이었다.

이를 해결할 방도가 당장은 없었다.

이때 떠오른 것이 개파조사의 흔적 찾기였다.

강경파나 온건파나 다 의성에게 큰 은혜를 입고 따르던 자의 후예!

그의 신물이라도 구해온다면 이렇게 갈라져 버린 방의 상황을 해결하리라 여긴 것이었다.

"아, 그래서 그렇게 찾아 헤매신 거군요? 근데 조사님의 신물이라니 그게 뭐예요?"

괴의의 설명에 평생을 거쳐 괴의가 찾아온 것이 바로 조사의 신물임을 알 수 있었다.

그러자 그 신물이란 게 뭘까 궁금해졌다.

"당시 조사님께선 조화령이란 방울을 항시 몸에 지니고 계셨는데 그걸 본문의 신물로 삼으셨지."

"아, 조화령이라. 그럼 방울인가 보네요. 그런데 그걸 어떻게 찾으실 생각이세요? 이 넓은 중원에서 방울을 하나 찾는다는 게 솔직히 힘들어 보이네요."

"그렇게 생각할 수도 있겠구나. 하지만 방울의 위치는 이미 찾았다."

"이미 찾았다구요? 그럼 뭐가 문제죠? 조화령을 구해서 강경파를 설득하면 되는 것 아닌가요?"

서연은 괴의의 말에 반문했다.

이미 조화령을 찾았다면 이렇게 고심할 필요가 없지 않은가?

"내가 언제 신물을 찾았다고 했으냐? 그 위치를 찾았다고 했지. 조화령의 위치는 네 사조님께서 평생을 걸쳐 알아내셨다. 하지만 내가 부족한 탓인지 조화령을 회수할 수가 없었구나."

"회수할 수가 없다니 어디 황실보고에라도 있는 건가요? 대체 위치가 어디기에 회수를 못하시는 거예요? 그 긴 세월 동안."

위치를 아는데 회수할 수가 없다면 어디 쉽게 접근할 수 없는 신물이 있다는 말!

서연은 대체 어느 곳에 숨겨져 있기에 괴의의 그럼 노력에도 불구하고 신물을 얻지 못하였는지 궁금해졌다.

"신물이 있는 위치가 황실보고라면 어떻게든 했을 것이다. 하지만 이건 찾을 시도조차 못할 상황이니."

"대체 어디기에 그렇게 고심을 하세요? 저에게 말씀해 보세요. 혹시 아나요? 제가 도움이 될지."

처음 신물을 찾는 것이 숙원이라고 말한 이후부터 서연은 괴의가 신물을 찾는 것에 회의적임을 알 수 있었다.

그간의 사정을 보면 반드시 찾아야 할 물건임에도 불구하고 이런 표정이라면 그 위치란 곳이 쉽지 않은 곳 같았다.

그리고 그런 생각은 이내 호기심을 불러왔다.

"그래! 네가 내 제자가 되었으니 알아야겠지. 내가 말하는

148 천선지가

것을 들으면 왜 내가 너에게 숙원을 넘기는 것이 미안한지 알
수 있을 게다."

"네, 각오가 되었으니 말해보세요."

"그래! 내가 이렇게 회의적인 것은 조화령이 있는 곳이 바
로……."

"네? 그곳이라구요?"

괴의는 그렇게 조화령이 있는 위치를 설명했다.

그리고 그런 괴의의 설명에 신물의 위치를 알게 된 서연은
크게 놀랐다.

그곳은 서연이 전생에서도 알 만큼 매우 유명한 곳이었기
때문이었다.

              *   *   *

해질녘!

괴의의 오두막 앞에선 웬 소년이 땀을 뻘뻘 흘리며 몸을 움
직이고 있었다.

소년은 무슨 보법이라도 연습하는 양 바닥에 찍힌 자국을
따라 발을 놀리고 있었다.

하지만 그게 영 시원찮아 보였다.

꽈~ 당!

"아, 아야~!"

발을 헛짚었는지 크게 엉덩방아를 찍은 소년은 엉덩이를 쓰다듬으며 말했다.

물론 그 소년은 서연이었다.

"이놈의 건곤보! 망할 놈의 천선기… 벌써 두 달째인데…….."

서연이 괴의의 제자가 된 지 어언 두 달이 흘렀다.

괴의의 제자가 되고 난 다음 날부터 서연은 그토록 바라던 무공과 의술을 배울 수 있었다.

괴의는 서연에게 심법과 보법, 그리고 수법을 하나씩 가르쳤다.

각각 건곤심법과 건곤보, 건곤십이수라고 불렸다.

처음 이들 무공을 접했을 때는 서연의 수련에 큰 문제가 없었다.

그도 그럴 것이 서연에게는 각인이라는 사기적인 능력이 있지 않은가?

무공의 구절과 형을 외우는 데는 서연을 따를 자가 있을 리 없었다.

하루 만에 자신이 가르쳐 준 무공의 형과 구절을 다 외워 버린 서연에게 괴의는 경악하고 역시 신동이라며 그의 앞날을 기대했다.

하지만 그것은 잠시였다.

이내 실망하고 말았다.

그것은 바로 서연이 저리도 툴툴대고 있는 천선기 때문이
었다.

괴의의 무공의 토대가 되는 건곤심공은 초대 조사인 의성
이 방도들에게 가르친 매우 뛰어난 심공이었다.

하지만 이 무공은 일반적인 내기를 다루는 무공이었다.

서연의 단전에 자리 잡은 천선기는 선천지기!

건곤심공을 아무리 운용해도 천선기가 반응을 하지 않은
것이었다.

오히려 위험한 상황이 발생했다.

건곤심공으로 모으는 일반진기가 몸속으로 들어오자 선천
기가 이를 배척한 것이다.

이는 매우 위험한 상황으로 자칫하면 주화입마에 들 수 있
었다.

상황이 이러니 서연은 건곤심공을 운용할 수 없었다.

무공의 가장 기본이 되는 것이 심공일진데 그게 막히니 어
쩌겠는가?

서연을 가르치는 괴의는 쉬이 한숨만 나올 상황인 것이었
다.

"그나마 다행인 게 천선기가 선천지기라는 점인데 이 무슨

모순된 상황인지⋯⋯."

서연의 말대로 한 가지 다행스러운 점은 천선기가 선천지기의 특성대로 그 발출이 자유롭다는 점이었다.

고로 이론상이라면 선천지기의 운용자는 세상의 모든 무공을 부작용 없이 펼칠 수 있었다.

그러나 그것은 말 그대로 이론상의 일이었다.

건곤보나 건곤십이수를 천선기를 통해서 운용하고 펼칠 수는 있었다.

하지만 건공보와 건곤십이수는 건공심공을 토대로 해서 만들어진 무공이었다.

건공심공의 운용을 천선기로 대체하자 몸에 맞지 않는 옷을 입은 것 마냥 자연스럽지가 않았던 것이다.

좀 전 보법의 운용에서 서연이 넘어진 것도 다 이런 탓이었다.

"후아. 그런 생각을 해서 뭐해. 이제 와서 천선기를 버릴 수도 없잖아. 연습이나 하자. 그래도 점점 나아지고 있잖아."

서연의 말처럼 이런저런 문제를 일으키는 천선기였지만 그렇다고 그걸 버릴 수는 없는 노릇이었다.

이미 단전에 박혀 버린 그것을 지우는 것도 단전의 특성상 위험한 일일뿐더러 천선기는 서연의 꿈인 의원생활에서 큰 도움이 되는 기운이었다.

그리고 지금이야 그 운용이 익숙지 않아 헤매지만 좀 더 연습을 하면 익숙해질 터였다.

 괴의 역시 그러하기에 서연에게 다른 것을 가르치지 않고 이렇게 운용에 대한 연습만 시키고 있는 상황이었다.

 서연은 그런 생각에 마음을 다시 잡고 연습을 시작했다.

 "얍!"

 꽈당!

 "흐이얍!"

 꽈당!

 그러나 그런 마음가짐에도 안 되는 건 안 되는 것일까?

 아직은 연습 내내 엉덩이를 지면과 입맞춤시킬 수밖에 없었다.

第八章

해가 지자 보법 연습은 막을 내릴 수밖에 없었다.

괴의의 오두막으로 들어온 서연은 익숙하게 탁자 위의 등불에 불을 켜고는 아직도 얼얼한 엉덩이를 조심스럽게 의자에 내려놓았다.

"아… 아야! 그나저나 뭐하시기에 이리 늦으신데. 수업시간이 한참 지났는데……."

서연은 쓰라려 오는 엉덩이의 통증 탓인지 아니면 아직 오직 않는 괴의가 못마땅한 탓인지 툴툴거렸다.

서연이 그렇게 괴의를 기다리는 이유는 바로 시간이 괴의로부터 의술을 배우는 시간인 탓이었다.

지난 두 달간 괴의는 낮에는 무공을 저녁에는 서연에게 의술 수업을 이어왔다.

서연은 잘되지 않는 무공수련보다는 이런 의술 수업이 즐거웠다.

이는 요즘 한창 전생에서 제대로 배우지 못한 침술을 배우고 있는 탓이었다.

전생의 경험으로 동의보감이나 본초강목 같은 의서를 통째로 외우고 있는 서연이었다.

그러하기에 약방에 관한 것은 괴의 못지않은 그였다.

그래서 괴의의 수업은 서연이 약한 분야인 침술이 주를 이루었다.

천하삼대신의라고 불리는 괴의의 침술은 참으로 대단했다.

전생에서 배우지도 못한 새로운 혈이나 각종 새로운 침술법을 괴의는 알고 있었고, 그것은 항상 서연의 흥미를 이끌었다.

"음, 요즘 자주 이러시는 걸 보니 슬슬 출발하실 때가 된 건가?"

괴의를 기다리던 서연은 문득 드는 생각을 말로 꺼냈다.

수업 시간만큼은 칼같이 지키던 괴의가 요즘 이렇게 자주 늦고 있었다.

그것은 서연을 가르치는 것보다 중요한 뭔가를 괴의가 준비한다는 것이고, 그것이 무엇인지 서연은 잘 알고 있었다.

"오늘도 늦으시겠지. 준비할 게 오죽 많겠어. 그나저나 날이 이러니 보법 수련도 할 수 없고 뭘 해야 할까?"

서연은 그렇게 늦는 괴의를 기다리기 무료한지 그렇게 오두막을 서성거렸다.

"아! 그걸 깜박했었네."

한참을 그렇게 서성거리던 서연은 뭔가가 떠올랐는지 짧은 감탄사와 함께 무언가를 찾기 시작했다.

그리고 잠시 후 그런 서연의 두 손엔 웬 오래된 목간이 들려 있었다.

*   *   *

서연이 꺼낸 것은 바로 천선지사였다.

그리고 익숙하게 천선지사의 목간을 탁자 위에 펼치기 시작했다.

하지만 한 가지 이상한 점이 있었다.

목간 안쪽이 아니라 아무것도 적혀 있지 않은 목간의 바깥쪽이 위로 향하게 펼쳐 든 것이었다.

"시작해 볼까?"

목간이 펼쳐지자 고개를 한번 까닥인 서연은 이내 목간 위로 두 손을 올리기 시작했다.

그리고 몸속에 자리 잡고 있던 천선기를 운용해 목간에 투입시키기 시작했다.

윙!

천선기가 스며들자 목간에 매우 작은 진동 같은 것이 느껴졌다.

그리고 놀랍게도 아무것도 적혀 있지 목간의 겉면에 웬 그림들이 떠올랐다.

그리고 그 그림은 어느 한곳을 가리키는 지형도, 즉 지도 같았다.

"역시 천선지사는 단순한 일기가 아니었어. 아버지……."

아무것도 적혀 있지 않던 목간에서 그림이 떠올랐다.

그것은 크게 놀랄 만한 일이었지만 서연은 별로 놀란 표정이 아니었다.

당연히 이 지도를 보는 것이 처음이 아니었기 때문이었다.

서연은 지난 두 달간 무공과 의술 공부에 곁들여 한 가지 일을 해왔다.

그것은 바로 천선지사라는 이름의 목간에 대한 조사였다.

이는 전생의 기억에서 그의 아버지가 한 말 때문이었다.

이곳 서안으로 오던 도중에 전생의 아버지에 대한 오해를 푼 서연이었다.

그래서 그동안 예전엔 그토록 잊고 싶어 하던 아버지에 대한 기억을 모조리 각인해 왔다.

그리고 그 결과 어린 시절에는 파악할 수 없었던 많은 사실을 알 수 있었다.

그중에는 바로 이 목간, 천선지사에 관한 내용도 있었다.

"아버지께선 이 목간이 우리 한민족이 반드시 찾아야 할 물건이 있는 장소를 적어놓은 지도라고 말하셨지. 그리고 그 말이 옳았어. 천선지사는 단순한 일기가 아니라 바로 지도였어……."

서연이 알아낸 사실은 바로 전생의 아버지가 이 목간이 지도라고 추정했다는 점이었다.

아버지에 대한 모든 기억을 훑던 그는 우연히 그가 어머니와 목간에 대해 나누던 이야기를 알아낸 것이었다.

그 후로 서연은 무공과 의술을 배우는 틈틈이 목간을 조사했다.

그리고 그런 노력의 결실로 목간이 자신이 가진 천선기에 반응한다는 것을 알 수 있었다.

그리고 얼마 전 목간이 지도라는 사실을 파악했다.

"웃차! 생각이 길어졌네. 시간이 없어."

잠시 지난 일을 떠올리던 서연은 목간 옆에다 작은 두루마기를 펼쳤다.

그것은 바로 괴의가 가지고 있던 이곳 여산 인근의 지도로 그것을 통해 목간이 가리키는 위치를 파악해 볼 요량이었다.

그러길 잠시!

윙!

서연이 살피던 목간에서 다시 진동음이 들려오기 시작했다.

그리고 이내 목간에 떠오른 지도의 모습이 사라졌다.

"아! 벌써? 후아! 이놈의 천선기 완전 요물이네. 사람을 이렇게 들었다 났다 들었다 났다 하다니."

천선기의 기운이 떨어져 목간의 지도가 사라지자 서연은 전생에서 유행했던 말로 천선기를 표현했다.

말 그대로 천선기는 서연에게 요물 같았다.

의술에는 큰 도움이 되는 녀석이 무공에는 그의 앞길을 막았다.

또 목간의 비밀을 캐는 데 큰 도움이 된 녀석이지만 그 양이 적어 매번 이렇게 제대로 지도를 파악하기 전에 사라지기 일쑤였다.

"뭐 상관없나? 이제 지도에 대한 파악은 끝이 났으니. 후아! 역시 그곳이군. 참 운명적이게도 말이지. 신이 있다면 나에게 장난을 치는 것 같네."

목간이 가리키는 위치를 파악한 서연은 크게 한숨을 내쉬
었다.

그도 그럴 것이 목간이 가리키는 위치가 자신의 생각하는
위치라면 정말 신이 장난질을 치는 것 같았기 때문이었다.

"클클, 나이도 어린놈이 웬 늙은이들처럼 한숨을 쉬는 게
냐?"

"아! 사부님 오셨어요?"

그렇게 고심하는 서연의 뒤에서 언제 온 것인지 괴의의 말
소리가 들려왔다.

"오냐. 그나저나 웬 목간이더냐?"

서연의 인사를 받은 괴의는 자신이 와도 알아채지도 못하
고 빠져든 것이 무엇인지 궁금했다.

"아, 이게 암왕 할아버지께서 주신 운공법이 담긴 목간이
에요."

"그것이 그 망할 물건이더냐? 그냥 태워 버릴 것이지."

서연은 목간에 대해서 설명을 하자 괴의는 이내 인상을 찌
푸리며 말했다.

목간에 담긴 운공법 때문에 서연이 건공심공을 익히지 못
하고 있으니 당연한 일이었다.

"운공법만 적힌 거라면 저도 다 외웠으니 태워 버리고 싶

죠. 저도 이 요물 같은 천선기가 꼭 다 맘에 드는 것은 아니니까요. 하지만 이 목간에는 운공법에 대한 것만 적힌 게 아니에요."

"운공법 말고 뭔가가 적혀 있다는 게냐? 어디 한번 보자."

"어, 그거 옛글자로 적힌 거라 못 알아보실 텐데."

"고문의 해석이라면 나도 누구 못지않다고 자부한다. 클클! 내가 이깟 목간 하나 못 읽을 거 같으냐?"

서연의 말에 괴의는 클클대며 자신감 있게 목간을 살폈다.

"…음."

하지만 목간에 적힌 글자들은 그가 생전 처음 보는 문자들이었기 때문이었다.

그렇게 잠시 끙끙대던 괴의는 신경질적으로 목간을 탁자 위에 탁 소리가 나게 내려놓았다.

"헤헤 역시 제대로죠? 못 알아보시겠죠?"

"쿵! 그래, 사부가 글자 하나 못 알아보는 게 그리 기분이 좋더냐?"

서연이 헤헤거리며 웃으며 말하자, 괴의는 심통이 난 듯 답해왔다.

그도 그럴 것이 신물을 찾기 위해서 많은 사료를 연구해 왔던 괴의였다.

그러하기에 자신있게 목간을 해석하겠다고 나섰는데 이런

결과라니.

제자 앞에서 영 체면이 서지 않는 것이었다.

"너무 자존심 상하실 필요 없어요. 그거 우리 장 할아버지도 못 알아보시는 글자거든요. 가림토라는 글자인데 중원이 아닌 동쪽의 옛 조선이라는 나라에서 쓰던 문자라서 아는 분이 거의 없어요."

"그 대단한 장일이 놈도 못 알아먹는 문자란 말이지. 그렇다면 내 체면이 서는구나. 그걸 아는 네 녀석이 이상한 게지. 그나저나 목간의 내용이 뭐더냐? 괜히 궁금해지는구나."

괴의는 서연의 말에 어느 정도 체면이 서는 듯한 느낌이 들었는지 표정을 풀며 말했다.

청수대학사라고 불리는 장일도 모르는 글자라면 자신이 모르는 것이 큰 흠이 되지 않다고 여긴 탓이었다.

하지만 그런 안도도 잠시 그 대단한 장일이 모르는 글자로 적혀 내용이 궁금해졌다.

"아! 목간의 내용이요. 그게 뭐냐면……."

서연은 그렇게 목간에 적힌 내용을 괴의에게 설명해 나갔다.

*　　　*　　　*

서연은 그렇게 목간의 내용을 상세히 설명을 시작했다.

그리고 그 이야기를 듣는 괴의의 표정은 점점 심각해졌다.

"크음. 그 목간의 말이 사실이라면 큰일이겠구나."

"큰일이라니요?"

그런 괴의의 말에 서연이 반문했다.

단순한 일기일 뿐인데 뭐가 큰일인지 궁금했던 것이다.

비록 그 역사란 게 자신이 배운 단군신화와는 조금 달랐지만 말이다.

"그 악마 뭐시기라는 놈 말이다."

"무휼이요?"

"그래, 그 구두룡인지 지렁이인지 하는 녀석 말이다. 글쓴이의 말대로라면 그 대악마란 놈이 현세에도 나올 수가 있다는 말이 아니더냐?"

"헉!… 에이, 설마요. 단순한 일기일 뿐인데. 세상에 그런 괴물이 어디 있겠어요?"

"쯧쯧! 편한 곳에서만 살던 네 눈에 안 보인다고 거짓이라고 여긴다는 말이냐? 중원 곳곳에는 괴물이라 불리는 것들이 실제로 존재한다. 이무기 같은 것은 실제로 본 적도 있지.

괴의의 말에 서연은 크게 놀랐다.

일기 부분은 단순히 과장되게 적어놨겠구나 생각을 했었다.

하지만 그것이 괴의의 말대로 실제로 일어난 일이라면?

'잠깐! 내가 지금까지 무슨 생각을 한 거야? 지도가 사실이라면 일기의 내용도 진짜잖아.'

괴의 덕분에 목간의 내용을 다시 되짚어보던 서연은 놀랄 만한 사실을 깨달았다.

지도에 관한 것이었다.

아니, 정확히 말하면 지도가 가리키는 곳에 존재하는 물건에 관한 것이었다.

전생의 아버지의 추론에 따르면 그 물건은 바로 일기의 내용 중에 언급된 물건 중에 하나였기 때문이었다.

'삼신기(三神器)!! 아버지의 말대로라면 천선지사는 이 삼신기의 위치를 가리키는 지도야! 만약 지도가 가리키는 곳에 삼신기가 있다면? 일기의 내용은 진짜가 되는 건가?

전생의 이강의 아버지의 연구에 의하면 천선지사는 바로 단군신화 속에 나오던 삼신기의 위치를 알려주는 지도였다.

다시 말하면 이강의 아버지가 그토록 찾아 헤매던 것이 바로 이 삼신기였던 것이었다.

전생에서 이강의 아버지는 사학계의 이단아라고 불리던 인물이었다.

일제의 식민사관에 의해 단순히 신화로 분류된 단군의 이야기가 실제로 존재한 것이라고 주장해 온 탓이었다.

그래서 그는 존재의 증명이 될 삼신기를 찾겠다고 천명했는데 이는 학계의 비웃음을 샀다.

그럼에도 불구하고 그는 평생을 걸쳐 삼신기를 추격해왔고, 마침내 그것에 접근할 수 있는 열쇠인 천선지사라는 목간을 찾아낸 것이었다.

비록 자신이 죽을 때까지 그 목간을 찾지 못했지만 말이다.

"클클! 뭐가 그리 심각한 게냐? 괴물이 있다고 하니 무서워지기라도 한 게냐?"

"그게 사부님 말씀대로 실제라면 큰일이잖아요."

"클클! 녀석! 진심으로 겁먹은 게냐? 걱정 마라. 이무기가 용이 되지 못한 괴물이라고 하나 한낱 미물일 따름이다. 일반인이라면 힘들겠지만 무공을 배운 고수라면 충분히 퇴치할 수 있다."

괴의는 서연이 자신의 말을 너무 심각하게 받아들이자, 안심하라는 듯이 말했다.

"하지만 목간의 내용대로라면 구두룡 무휼은 한낱 이무기가 아니에요. 천상계를 휘젓고 다닌 녀석이라잖아요. 그런 녀석을 일개 인간이 감당할 수 있을까요?"

"글쎄다. 그런 대단한 놈이 있다고는 믿기 힘들구나. 그 정도로 대단한 녀석이라면 역사에 남을 만도 한데 그 목간 말고는 전혀 기록이 없지 않느냐? 아마 이무기 같은 괴물을 과대

평가했을 테지. 더군다나 중원도 아닌 변방에서 쓰인 글이 아니더냐?"

"과연 그럴까요?"

괴의는 안심하라는 듯이 말하지만 서연은 그럴 수가 없었다.

자신이 이 세상에 존재하는 것부터 말이 안 된다.

세상에 어느 누가 전생을 기억하는가?

그런 그에게 숙명처럼 나타난 천선지사였다.

왠지 이 모든 것이 앞서 말한 대로 신의 장난이 아닐까?

그리고 목간의 내용이 사실이라면 자신이 나서서 이 문제를 해결해야 하는 것이 아닐까 하는 생각이 든 것이다.

"클클, 글쎄다. 어쩌면 그곳에 가면 그 사실 여부를 알 수도 있겠구나."

"그곳이라니요?"

"어디긴 어디겠느냐? 우리가 조사님의 신물을 찾으러 가야할 곳이지"

"네? 시황릉이요? 그곳에 가면 어찌해서 알 수 있다는 말씀이세요?"

서연의 말처럼 의성의 신물인 조화령이 있는 장소는 다름아닌 시황릉이었다.

제자가 된 첫날에 괴의는 서연에게 시황릉에 대해 말을 했었다.

그리고 서연은 괴의가 위치를 알지만 회수할 수가 없었다는 말을 이해했다.

전생에서 시황릉이 발견된 것은 1974년이었다.

역사대로 진행된다면 괴의가 아무리 사료를 찾아다녀도 시황릉을 찾는 것이 요원했다.

하지만 지금은 그것이 요원한 일이 아니었다.

바로 이곳에 서연이 있었기 때문이었다.

전생의 기억을 지닌 서연은 시황릉의 위치를 알고 있었다. 그리고 그 위치를 기꺼이 괴의에게 알려주었다.

기실 요즘 들어 괴의가 서연의 수업시간에 늦는 것은 바로 이 때문이었다.

서연이 알고 있는 위치는 전생의 기억일 뿐이었다. 현재에 그것을 바로 찾는 것은 불가능했다.

서연은 대신에 그곳을 찾을 수 있게 주변의 지형들을 알려주었다.

지난 두 달 동안 괴의는 서연이 말한 것과 유사한 지형들을 찾아다닌 것이었다.

그리고 얼마 전 서연이 말한 시황릉의 위치가 정확히 부합되는 곳을 기어코 찾아내었다.

하여튼 서연은 그런 시황릉에가면 목간의 진위 여부를 알 수 있다는 말에 의문이 들었고 괴의에게 물어볼 수밖에 없었다.

"클클. 목간의 내용이 과거 고대사를 담고 있지 않느냐? 그리고 우리가 과거 고대사에 대해서 자세히 알지 못하는 연유가 뭐더라 다 그 폭군 영정 때문이 아니더냐?"

"아~! 분서갱유(焚書坑儒) 말씀이시군요."

서연은 괴의의 말에서 한 사건을 떠올렸다.

전생에 재미있게 읽었던 한단고기나 대동이 같은 책에선 진시황의 분서갱유가 진황조 이전의 부끄러운 중원의 역사를 감추기 위함이란 주장이 있었음을 떠올린 것이었다.

실제로 분서갱유 이후로 상고시대의 역사서들은 그 이름만 전해질 뿐이었고, 이를 보고 전생의 아버지는 중국의 역사 왜곡이 실제론 과거로부터 이어오는 것이라며 욕을 하곤 했었다.

"클클, 요런 데선 머리가 빠릿빠릿 돌아가는구나. 네 말대로다. 근데 그 빠릿빠릿한 머리로 보법도 다 해결했으렷다?"

괴의는 자신의 말에 바로 분서갱유를 떠올리는 서연의 머리를 칭찬하며 보법에 관한 것을 물었다.

그에겐 이딴 목간의 내용보단 일단 그것이 더 중요했다.

"그게… 오늘도… 그놈의 건곤보! 강체술까지는 쉬웠는데 유수행(流水行)부터는……."

괴의가 가르친 건곤보는 호신을 위한 보법인 건보와 경공인 곤보를 합친 무공이었다.

이 중 건보는 건류미보(乾流迷步)라고. 곤보는 건곤만리행(乾坤萬里行)이라고 불렀다.

이중 보법인 건류미보(乾流迷步)의 구결에는 강체술(强體術)과 유수행(流水行)라는 두 가지 수련법이 적혀 있었다.

강체술이란 말 그대로 강한 육체를 만드는 체술으로 이를 익히면 익힐수록 육체 특히나 하반신의 힘을 기르는 효과가 있었다.

서연은 이 강체술의 경우는 쉽게 배울 수 있었다.

말 그대로 형만 익히면 되는지라 각인을 통해 쉽게 이룬 것이었다.

그러나 다음 수련법인 유수행은 틀렸다.

흐르는 물을 본떠 만든 실질적인 보법으로 매우 부드럽고 자연스러운 움직임을 요했다.

그러한 까닭에 움직임을 위해 내기의 힘이 필요했다.

천선기 때문에 기의 운용이 자연스럽지 못한 서연으로선 이 유수행의 수련이 맘처럼 잘되지 않았다.

'쯧쯧, 세 달 만에 강체술을 익히고 유수행이라. 느린 편은 아니건만…….'

괴의는 서연의 상태를 보며 그 진도가 느린 편이 아니건만 아쉬워했다.

괴의가 보는 서연은 천재였다.

이런 서연의 천재성은 무공구결을 외우는 그 암기력에도 있었지만 그보다 큰 것이 바로 형을 익히는 데 천재적이란 것이었다.

본시 그 무공의 형을 익힌다는 것을 엄청난 노력을 요하는 법이었다.

그러나 눈앞의 녀석이 강체술을 익힐 때의 모습은 어떠했던가?

괴의 자신이 수십 년간 고안한 형과 완벽하게 일치하는 모습을 그것도 불과 하루 만에 보이지 않았던가?

그러나 그뿐이었다.

다음 단계인 유수행을 배우는 단계에선 그 모습이 마치 나무토막 같았다.

물론 유수행 각각의 형만은 완벽했다.

그러나 형만 완벽하면 뭐하는가? 그 각각의 형을 하나로 이어 가질 못하는 것을…….

서연의 말로는 천선기가 도와주지 않아서라고 하지만 괴의의 눈엔 아니었다.

그 부분은 선천지기의 특성상 시간이 흐르고 기에 운용에 적응만 하면 해결될 문제였다.

그렇다고 하면 서연의 문제점은 무엇인 걸까?

괴의가 생각하는 바론 생각이 많다는 것이었다.

항시 머리로 내기의 운용이나 동작을 떠올린 후에 움직이니 반 박자씩 느려질 수밖에 없었던 것이다.

이는 주변에서 자주 볼 수 있는 것인데 괴의는 서연 같은 이들을 부르는 말을 잘 알고 있었다.

그랬다.

서연은 철저한 '몸치'였다.

'형은 아는데 그걸 잇지 못하니… 쯧쯧. 뭐 차차 나아지길 바랄 수밖에 없구나. 그래도 요즘은 처음처럼 나무토막은 아니지 않은가. 그 천선기인지 뭔지 하는 선천지기도 이제는 서서히 무공에 접목이 되는 듯하고…….'

잠시 그렇게 안타까워하던 괴의는 이내 마음을 다 잡곤 서연에게 말했다.

"유수행의 수련이야 내기의 도움이 필요하니 어려울 수밖에. 그러나 이젠 마냥 기다릴 수는 없구나."

"아, 그럼. 이제 출발하는 건가요?"

"그렇다. 네 녀석이 준비가 되길 기다렸으나 마냥 기다릴 수도 없는 일. 내일 출발할 것이니 그리 알고 준비하거라. 오늘 늦은 것도 다 그 때문이니."

기실 시황릉으로 향하고픈 맘이야 서연보단 괴의가 더했다.

그러나 혹시 모를 위험 때문에 그런 맘을 꾹꾹 눌려왔는데 이젠 그것도 한계에 달했다.

　　"뭐 준비할게 따로 있나요. 그간 준비를 해오던 일인데……."

　　서연의 말처럼 그간 언제든 출발을 할 수 있게 준비를 해왔기에 따로 준비할 건 없었다.

　　"클클. 하긴 그렇구나. 이미 시간이 늦었으니 오늘 의술 수업은 넘어가자꾸나. 낼 출발할 때 피곤할 수도 있으니."

　　목간에 대한 이야기가 길어진 탓인지 어느새 달도 기울어져 가고 있었다.

　　"네. 알겠습니다. 사부님도 잘 주무십시요."

　　"클클, 오냐. 너도 잘 자거라. 낼부턴 힘들게다."

　　그렇게 둘은 각자의 침소로 들어섰다.

＊　　　＊　　　＊

　　"하, 잠이 안 오네."

　　일찍 자라는 괴의의 말에도 불구하고 서연은 잠자리에 들어서도 쉬이 잠들지 못했다.

　　좀 전 괴의와 나눈 이야기가 계속해서 머릿속에 남은 탓이었다.

그러나 서연의 머리를 아프게 하는 것은 그 이야기뿐만이 아니었다.

"시황릉이라……. 조사님의 신물이 잠든 곳! 그리고… 지도가 가리키는 곳!!"

서연의 머리를 아프게 하는 것은 바로 시황릉의 위치가 천선지사의 지도가 가리키는 곳과 일치했기 때문이었다.

운명(運命)!

서연은 자신과 시황릉이 운명으로 이어진 것은 아닌가 하는 생각이 들었다.

암왕에게서 받은 목간이 자신의 전생의 아버지와 관계가 있었고, 또 자신의 조사님이 된 의성과도 연관이 되어 있었다.

그리고 자신은 이 시대에 시황릉의 위치를 아는 유일한 자가 틀림없었다.

이 모든 게 서연은 단순한 우연으로 치부되지 않은 것이었다.

"조화령이라? 조화령은 분명히 방울! 그리고 삼신기의 구성은 한 개의 방울과 거울, 그리고 검! 이게 그냥 우연일까? 설마 진짜 조화령이 삼신기 중에 하나는 아니겠지?"

조화령이란 것도 그랬다.

하필이면 왜 조사인 의성이 신물이 방울이라는 말인가?

그리고 조사인 의성(醫聖)!

조화령이 시황릉에 있다면 의성이 은거하면서 찾아간 곳은 시황릉이 분명했다.

그렇다면 의성은 어떻게 시황릉의 위치를 안 것일까?

"에이. 그만하자. 머리만 아프잖아. 모든 것은 그곳에 가보면 알 일이지. 내일 일찍 출발하려면 얼른 자야겠다. 그나저나 그곳에 과연 무엇이 있을까?"

서연은 그렇게 시황릉에 대한 기대감과 함께 잠이 들어갔다.

그러나 그렇게 잠든 서연은 결코 알지 못했다.

자신의 목언저리에서 희미한 불빛 같은 것이 아른거리는 것을…….

그리고 그곳이 어릴 적 장일에게서 받은 부적을 넣어둔 곳이라는 것을…….

第九章

늦은 밤!

여산 인근 임동현의 류촌이라 불리는 마을 밖에는 커다란 느티나무 한그루가 있었다.

그 크기로 보아 수백 년은 족히 먹었을 듯 보였는데 마을에선 성신으로 추앙받는 듯 그 관리가 잘되어 건강해 보였다.

그런 느티나무의 뒤편에선 웬 노소가 연신 땅을 파고 있었다.

그 모양새가 매우 조심스러워 보였다.

그도 그럴 것이 만약 마을 사람들이 이 모습을 본다면 성신을 해한다고 몰매를 맞을지도 모를 일이었다.

쨍그렁.

"정말 여기가 맞더냐?"

한참을 삽으로 땅을 헤집던 노인이 성과가 없자 성질이 난 듯 삽을 한편으로 던지며 말했다.

"틀림없다니까요. 그나저나 조심 좀 하세요. 누가 들으면 어쩌시려구요?"

삽을 던진 소리가 큰 탓이었는지 그런 노인의 행동을 소년이 급히 제지했다.

이들은 서연과 괴의였다.

처소를 떠난 지 이틀 만에 그들은 이곳 류촌에 도착을 했다.

그리고 하루 정도 마을에서 여정을 풀고는 오늘 시황릉의 입구를 찾기 위해 행동을 개시한 것이었다.

"클클, 걱정 마라. 내가 누구라고 생각하는 게냐? 근처에 인적이라곤 느껴지지 않는다. 그나저나 이곳에 시황릉으로 향하는 통로가 있다니 믿을 수가 없구나."

서연의 투정에 괴의는 괜한 걱정이라며 타박했다.

그러나 한편으로 의아한 맘을 금할 수가 없었다.

주변에 보이는 것이라곤 논과 밭뿐인 이곳에 시황릉과 연결된 입구가 있다는 말이 영 믿어지지 않은 탓이었다.

그러나 그런 괴의의 미심쩍음과는 다르게 서연은 이곳에 통로가 있다고 확신했다.

물론 이것은 전생의 기억 때문이었다.

전생에 서연은 이곳 서안에 온 적이 있었다.

그의 대학입학 기념으로 온 졸업여행의 목적지가 바로 이곳이었던 탓이었다.

당시 서연은 놀라운 경험을 하게 되었다.

바로 이곳 서안에서 진도 5.0의 지진을 겪은 것이었다.

다행히 큰 진도의 지진이 아닌 탓에 가족들이나 서연은 무사했지만 지진은 지진인지라 서안 곳곳에 피해가 속출했었다.

당시 그런 피해 소식보다 그 큰 뉴스가 된 일이 있었다.

바로 지진으로 인해 갈라진 땅속에서 시황릉의 환풍구로 추정되는 통로가 발견된 것이었다.

당시 뉴스에서는 서산 인근 임동현 류촌이란 마을 입구에 서 있는 느티나무 뒤편에서 통로가 발견되었다고 전했다.

그것을 똑똑히 기억하고 있었기에 이곳에 환풍구에 있을 것이라 확신하고 있었던 것이다.

"확실히 이곳에 통로가 있을 테니 걱정 마세요."

"그래, 통로가 있다고 치자꾸나. 그런데 네 녀석은 그걸 어찌 안게냐? 통로의 위치도 문헌에 나오던 게냐?"

"아, 글쎄 조용히 하고 땅 좀 파세요. 제 말 믿고 여기까지 왔으면 그냥 따라보세요. 믿는 자에게 복이 있다는 말도 모르세요?"

서연의 확실에 찬 대답이 괴의는 영 석연치 않았다.

서연이 이곳을 찾은 방도를 설명하지 않는 탓이었다.

이곳을 찾았다면 그 근거가 있어야 할 것이 아닌가?

아무리 물어도 서연에게선 명쾌한 대답이 나오지 않기에 영 찜찜했던 것이다.

그러나 서연으로서도 답답하기는 매한 가지였다.

전생에서 봤다고 말하기도 그렇지 않은가?

그런 까닭에 둘은 이곳에서 땅을 파는 동안 계속해서 티격대는 중이었다.

그러나 목마른 자가 우물을 찾는 법이었다.

시황릉를 찾고자 하는 것은 서연보다 괴의가 더 간절했기에 서연이 대화를 끊자 그도 서연을 따라 땅을 팔 수밖에 없었다.

푹.

착.

대화가 끊어지자 주변에 들리는 소리라곤 땅에 삽을 푸는 소리뿐이었다. 그러길 일각여…….

푹.

챙.

땅을 파던 괴의의 삽에서 묘한 소리가 일어났다.

"설마……?"

괴의는 자신이 쥐고 있던 삽에서 묘한 진동이 느껴지자 급히 몸을 구부려 삽 주변의 흙을 훑었다.

그리고 그곳에서 웬 벽돌 같은 것을 보았다.

"찾았다. 정말로 이곳에 이런 것이 있다니……."

땅속에서 인위적인 벽돌이 보이자 괴의는 놀라 외쳤다.

그런 괴의의 외침에 서연 역시 얼른 다가왔다.

"어? 찾았어요? 얼른 벽을 깨고 들어가 봐… 어? 뭐하시는 거예요?"

서연은 벽을 깨고 안으로 들어갈 것을 기대했으나 괴의가 오히려 땅을 파던 구덩이에서 나오자 놀라 물었다.

"클클. 네 녀석은 나 이곳으로 들어갔소, 라고 사람들에게 알리기라도 할 셈이냐? 주변부터 정리를 해야지."

괴의 말대로였다.

주변에 이곳저곳 통로를 찾는다고 파낸 구덩이 투성이었기에 이대로 들어간다면 동이 트면 마을 사람들에게 발견될 터였다.

"그럼 어떻게요?"

"방도가 있으니 걱정 말거라. 일단 이 통로 말고 다른 구덩이들부터 메우자꾸나."

방도가 있다는 말에 서연은 괴의를 도와 주변 구덩이를 메우었다. 땅을 파기보단 메우기가 쉬운지 일각이 흐르자 어느새 주변은 다 정리가 되어 있었다.

"휴. 다 되었네요 이제 어떻게 하실 거예요?"

"클클. 기다리거라. 그걸 어디에 뒀더라?"

서연이 괴의의 방도가 궁금한지 묻자 괴의는 한번 웃으며 품속에서 무언가를 찾기 시작했다.

"아, 여기 있구나."

품을 한참을 뒤지던 괴의가 무언가를 이내 꺼내들었는데 그것은 웬 나무토막들이었다.

그런 토막들의 겉면엔 기하학적인 문양이 새겨져 있었다.

"그게 뭐예요?"

"그냥 잠자코 보거라."

서연의 물음을 무마시키며 괴의는 나무토막들을 통로가 발견된 구덩이 근처에 마구잡이 박기 시작했다.

"아니? 이게 어떻게 된 거예요? 설마 이게 진법인가요?"

마지막 나무토막이 땅에 박히자 놀랍게도 구덩이의 주변으로 하얀 막 같은 것이 생겨났다.

그러자 서연은 문득 무협지에서나 들어 봤던 무언가가 떠올랐다.

"진법에 대해 알고 있구나. 놀라우냐?"

"당연하죠. 세상에 진짜 존재했군요."

"진법을 처음 대하면 다들 그러하지. 안에서야 이런 풍경이지만 밖에서 본다면 구덩이가 보이지 않을 게다. 어떠냐? 예전에 치료비 대신에 뜯어낸 것인데 쓸 만하지?"

"진법을 배우신 게 아니세요?"

"의술을 배우기도 바쁜데 진법까지 배울 일이 어디 있겠느냐? 이 나무토막들은 예전에 제갈이 놈 손주를 치료해 주고 받은 것이다. 진법을 몰라도 이것만 있으면 간단한 진을 설치할 수 있지."

서연은 괴의의 대답에 뭔가 아쉬웠다.

새로운 것을 배우는 것에 원체 욕심이 많은 서연인지라 진법 또한 배워 보고 싶은 생각이 들었던 것이다.

"그렇군요. 근데 단순한 환영진인가요? 혹시라도 마을 사람 중에 누가 잘못 들어서서 구덩이에 빠지면 크게 다칠 텐데."

"걱정 말거라. 제갈이 놈 말에 따르면 사람들이 자연스럽게 구덩이를 피해 돌아갈 테니. 물론 진법을 배운 자가 본다면 다르겠지만."

"아! 진법에 그런 효과도 있군요. 그럼 안심이에요. 얼른 통로로 들어갈까요?"

"그래. 얼른 들어가 보자꾸나."

괴의의 말에 안심한 서연은 얼른 통로로 들어가자고 재촉했다.

물론 괴의 또한 서연과 마찬가지의 맘이었다.

둘은 그렇게 시황릉으로 통하는 통로인 환풍구 속으로 들어섰다.

딱딱한 벽돌을 깨기 위해서 끙끙대는 서연을 보고 웃던 괴의가 무공으로 바닥을 깨버리자 서연이 허탈해했다는 작은 일은 접어두고서…….

*　　　*　　　*

"와, 이것 보세요? 대단하지 않아요?"

서연은 눈앞의 광경에 감탄했다.

길고긴 환풍구의 탐험이 끝나자 눈앞에 보이는 것은 거대한 공동이었다.

그런 공동의 중앙 부분에 거대한 지하궁전이 보였다.

그 궁전을 중심으로 뻗어난 길에는 시황릉을 대표하는 엄청난 수의 병마용들이 곳곳에 배치되어 있었다.

"이게 대단하게 보이느냐? 내겐 이 모든 게 백성들의 피와 땀으로밖에 안 보이는구나. 저것을 보아라."

괴의의 대답은 서연의 기대와는 달라 싸늘했다.

그의 눈에는 이 많은 부장품을 만든 백성들의 노고부터 떠오른 것이었다.

사료에 의하면 시황릉의 건축에 동원된 백성들은 그 전부가 황릉의 위치에 대한 비밀유지를 위해 같이 매장되었다고 전해졌다.

그를 증명하듯 병마용들의 근처에는 곳곳에 유골들이 널브러져 있었다.

"그렇네요. 어찌해서 이런 참혹한 짓을……."

괴의의 말대로 화려한 이곳의 이면에는 안타까운 누군가의 죽음이 있었다.

서연은 그런 생각이 들자 이내 침울해졌다.

"클클! 다 예전 일인 것을……. 그만 안타까워하거라. 우리가 할 일은 이분들의 죽음을 안타까워하는 것이 아니라 잊지 않는 거다. 알겠느냐?"

"네! 절대 잊지 않을게요."

"그래 그거면 된 거다. 잊지 않고 후세에 이 사실을 있는 그대로 전해 다시는 이런 일이 없도록 노력하면 되는 게야. 자, 이제 내려가서 조사님의 흔적이나 찾아보자구나."

第九章

괴의는 맘껏 들떠 있던 서연이 축 쳐지자 어깨를 한번 두들기고는 이내 환풍구에서 공동으로 내려갔다.

다행히 공동에서 환풍구까지 계단으로 연결되어 있어 내려가는 데 불편함은 없었다.

탁!

괴의에 이어 서연도 공동으로 내려섰다.

공동으로 내려서자 그들을 반기는 것은 위에서 보던 병마용들이었다.

특이한 것은 전생에서 보던 병마용들과는 다르게 그 각각이 채색되어 있다는 점이었다.

"와! 이거 보세요. 진짜 살아 있는 거 같아요."

병마용의 채색은 꽤 정교했다. 그 때문인지 서연은 각각의 병마용들은 실제 사람처럼 보였다.

"클클! 그렇구나. 잘 만들었어. 그런데 신기하다고 절대 함부러 만지지 말거라. 이런 곳에는 곳곳에 함정이⋯ 허허! 이런⋯⋯."

서연이 병마용들이 신기한 듯 다가서자 괴의는 주의를 줄려고 했다.

사료를 찾기 위해서 도굴도 마다하지 않았던 괴의인지가 이런 거대한 릉에는 침입자들을 방지하기 위한 각종 장치가 있음 안 까닭이었다.

하지만 그런 괴의의 말은 한발 늦고 말았다.

서연이 자신의 말을 다 듣지도 않고 병마용에 손을 댄 것이었다.

나쁜 예감은 꼭 맞는다는 말처럼 조용하던 공동엔 변화가 일어났다.

*　　*　　*

징!

틱!탁!

조용하던 공동에 갑자기 시끄러워졌다.

진동음과 함께 무언가가 움직이는 소리가 들려왔기 때문이었다.

갑작스런 변화에 서연은 당황했다.

"헉, 말도 안 돼."

서연의 당황은 이내 경악으로 변했다.

묘한 소리들이 끊기자 눈앞에 있던 병마용들이 일제히 움직이기 시작한 것이었다.

"헉!"

그렇게 놀라고 있던 서연에게 위기가 찾아왔다.

어느 샌가 서연의 앞까지 다가온 병마용이 손에든 청동칼을 그대로 그에게 내려쳤다.

착!

퍽!

쫘당!

청동칼이 서연의 이마에 닿기 전 누군가가 서연의 옷깃을 착하니 잡아당겼다.

그리고 그 덕분에 퍽 하는 소리와 함께 땅에 박혀 버린 청동칼을 피할 수 있었다.

물론 서연을 잡아당긴 이는 괴의였다.

"피하지 않고 멍하니 뭐하는 것이냐? 보법은 헛으로 배운 게냐?"

"죄송합니다. 너무 놀라서 그만……."

"됐다. 일단 뒤로 물러 서거라. 우선 이놈들은 내가 맡도록하마!"

서연을 크게 나무란 괴의는 논쟁할 시간도 없다는 듯이 병마용을 상대하기 위해 나섰다.

서연이 뒤로 피하자 상대를 잃은 병마용 역시 그런 괴의를 재빠르게 공격하기 시작했다.

그 움직임은 매우 빨랐다.

서연은 도저히 이것이 기관장치로 움직이는 것이라고 믿을 수가 없었다.

하지만 병마용이 상대하는 괴의는 고수였다.

내력이 가미된 절정고수의 공격도 쉽게 피하는 괴의가 이런 공격에 당할 리가 없었다.

건곤보 특유의 방위를 밟으면서 병마용의 공격을 피하던 괴의는 이내 기회를 잡은 듯 재빠르게 주먹을 날렸다.

권법을 배운 바는 없지만 내력을 가미한 그의 주먹이라면 이런 흙으로 만들어진 병마용 따위는 금세 부서질 듯 보였다.

'텅!!'

하지만 부서질 거란 예상과는 달리 병마용은 멀쩡했다. 다만 텅 하는 소리와 함께 뒤로 밀려날 뿐이었다.

쩍!

부스륵!!

괴의는 놀라 그런 병마용을 살폈다.

주먹에 맞은 자리를 주변으로 부스럭거리면 흙들이 떨어져나가고 있었다.

놀랍게도 그 안엔 황색을 뛰는 금속이 보였다.

눈앞의 병마용은 몸 전체가 그럼 금속으로 이루어진 것이다.

그 금속이란 게 무른 편인지 주먹자국은 선명히 찍혀 있지만 그 정도로 병마용이 파괴되지는 않는 모양이었다.

밀려난 병마용이 다시 움직이기 시작한 것이었다.

'텅! 텅!'

충분히 놀랄 만한 일이지만 경험 많은 괴의는 서연과 틀렸다.

이내 맘을 가담고 병마용을 공격하기 시작했다.

"이제 알겠구나!"

그렇게 잠시 병마용을 상대하던 괴의는 이내 뭔가를 깨달은 듯 외쳤다.

그리곤 병마용의 목 부분을 노리기 시작했다.

픽!

데구르르!!

내력이 실린 괴의의 공격이 목 부분을 가격하자 병마용은 더 이상 견디지 못했다.

머리 부분이 떨어져나간 것이었다.

그러자 놀랍게도 천년만년 움직일 것 같던 병마용의 움직임이 멈추었다.

"휴! 역시 머리가 떨어지면 멈추는구나. 아마 머리 쪽에 기관의 중추가 있음이야. 그나저나 이럴 줄 알았으면 권법을 하나 배워둘 것을……."

병마용이 멈추자 괴의는 그제야 한숨을 돌리며 말했다.

초절정에 근접하는 고수인 괴의가 고작 병마용에 고전하

는 게 이해가 가지 않겠지만 이에는 이유가 있었다.

이는 그의 사문이 무공문파가 아닌 의문(醫門)인 까닭이었다.

본시 괴의의 사문인 의림에서 내려오는 무공은 건곤심공과 건곤보뿐으로 공격기가 전혀 없었다.

처음엔 의원이 자신이 무슨 공격 무공이냐며 이 문제는 넘겼지만 강호의 생활이 길어지자 괴의는 심공과 보법만으로 살아남기가 힘들다는 것을 절감했다.

그래서 그는 하나의 공격기술을 배웠다.

그것은 살생을 싫어하는 그의 특성에 걸맞은 수법이었다.

바로 그것이 서연이 괴의에게서 배우고 있는 건곤십이수였다.

건곤십이수는 과거 우연히 개방의 진신무공인 용음십이수를 곁가지로 배우면서 만들어졌다.

괴의의 의술에 도움을 받은 개방은 공격 무공을 원하는 괴의에게 흔쾌히 용음십이수의 전수를 허락했다.

물론 그가 개방의 제자가 아니기에 그것은 용음십이수의 형과 식뿐이었다.

내기를 움직이는 방법에 대한 것은 완전 배제한 것이었다.

그렇게 배운 용음십이수지만 이는 말 그대로 개방의 진신

무공 중의 하나!

결코 가벼이 볼 것이 아니었다.

괴의는 이렇게 배운 용음십이수를 자신이 가진 건공심공에 맞게 개량했다.

그것이 바로 건곤십이수였다.

내기의 사용법을 배제한 탓에 약하다고 여겨질 만했지만 의외로 이 건곤십이수는 쓸 만했다.

이는 이 수법에 의원이 가지는 장점이 가미된 탓이었다.

그 장점이란 다름 아닌 풍부한 혈에 대한 지식을 가지고 있다는 점이었다.

일반 무인들도 혈도에 대해 어느 정도 해박할 수밖에 없지만 어디 의원과 비교가 되겠는가?

그것도 천하삼대신의라고 불리는 이가 아닌가?

일반 의원보다도 훨씬 더 혈에 대한 지식이 풍부한 그였다.

괴의는 그렇게 건곤십이수에 남들이 알지 못하는 혈에 대한 지식을 가미했다.

그렇다 보니 건곤십이수는 일반적인 무공과 틀을 달리했다.

그런 특성에 맞게 일반적인 공격 위치와는 다른 곳을 공격해오기 일쑤였다.

그렇다고 그 공격의 효과가 기존과 다를 바가 없으니 그를 상대했던 인물들은 크게 곤욕을 치르곤 했다.

그러나 이를 뒤집어보면 괴의의 공격은 혈을 짚을 수 있는 사람에게만 위력이 큰 것이었다.

사람 이외의 것인 병마용이 혈이 있을 리가 없었고 당연히 괴의는 어려운 싸움을 할 수밖에 없었다.

"헉! 사부님, 뒤를 보세요."

그렇게 권법에 대한 아쉬움을 표하던 괴의는 서연의 갑작스런 외침에 놀라 급히 뒤를 돌아보았다.

'헉!'

그리고 크게 놀랄 수밖에 없었다.

징! 징!

틱! 탁! 틱! 탁!

동작이 멈춘 병마용을 주변으로 모든 병마용이 움직이기 시작한 것이었다.

그를 증명하듯 공동 내에 울려 퍼지는 소음은 좀 전과는 비교할 수 없을 정도로 커졌다.

*   *   *

탁!

데구르르

"헉! 헉! 끝이 없구나."

마지막 남은 병마용 한 기의 머리를 간신히 날린 괴의가 이제는 지치는 듯 숨을 크게 내쉬었다.

그도 그럴 것이 처음 병마용 한 기 이후로 다음엔 다섯 기, 그다음에 열 기로 계속해서 배로 늘어나면 그들에게 달려든 탓이었다.

이러다간 이 공동의 모든 병마용을 처리해야 할지도 모를 일이었다.

아무리 괴의가 고수라고 하나 이제는 일흔을 넘어 팔순을 바라보는 나이었다.

점점 체력이 떨어져 감을 느끼고 있었던 것이다.

"사부님, 지금 쉬실 때가 아니에요. 여기 쯤, 이크!"

열 기 때까지는 어찌해서 괴의 홀로 감당이 되었다.

하지만 그 수가 스무 기가 넘어서자 아무리 괴의라도 모든 병마용을 홀로 감당하기 어려워졌다.

이 때문인지 두 기의 병마용이 서연을 향했다.

어설프게 배운 보법으로 공격을 피하곤 있지만 그뿐이었다.

말 그대로 피하기만 할 뿐 반격은 엄두도 못내는 상황이었던 것이다.

서연은 그런 자신의 상황 때문에 괴의에게 급히 도움을 청했다.

하지만 이내 고개를 설레설레 저었다.

괴의의 앞에 또다시 병마용이 몰려온 까닭이었다.

이번엔 그 수가 스무 기가 아니라 마흔 기에 가까웠다.

第十章

"헉! 이크! 뭔가 방도가 있을 거야. 잘 생각해 보자."

마흔 기 정도가 움직이는 것을 보자 서연은 괴의에게 도와 달라는 말을 전혀 할 수가 없었다.

그리고 점점 상황은 암울해져 갔다.

지금이야 무리해서 버티고 있지만 괴의도 사람이었다.

분명 조만간 한계가 올 터였다.

한계는 괴의뿐만이 자신도 마찬가지였다.

어느새 서연의 주변의 병마용도 다섯 기나 되었다.

"이대로는 안 돼! 기관 장치로 움직이는 거라면 분명 멈추는 방법도 있을 거야. 예전에 왔을 때 분명히……."

서연이 공격을 피하기도 급급한 상황에서 전생의 기억을 떠올리는 데는 이유가 있었다.

전생의 졸업 여행 때 시황릉을 구경하면서 느낀 점은 유독 입구 쪽에 목이 잘린 병마용이 많았다는 점이었다.

그 당시만 해도 그걸 이상하다고만 여겼는데 지금 이 상황이 되니 이해가 갔다.

'분명 처음 발견자도 나와 같은 경우를 당했을 거야. 어쩌면 죽었을지도 모르지. 그러나 목 잘린 병마용들은 입구 부분뿐이었어. 안으로 들어갈수록 목이 잘려 나간 녀석은 적었어. 대신에 한 가지 이상한 점이 있었는데……. 아, 그게 뭔지 기억이 안 나네.'

서연은 분명 자신이 기억을 못 하고 있는 무언가가 이 상황을 타개할 듯한 예감이 들었다.

하지만 아무리 다시 생각해 봐도 그것이 무엇인지 기억이 나질 않았다.

'아. 그걸 써야 하나? 그러나 이 상황에서 될까? 그래도 별수 없나? 음, 모 아니면 도지.'

서연이 고심하고 있는 것은 바로 각인 작업에 관한 것이었다.

기억이 떠오르지 않으니 당시의 기억을 각인해 버릴까 고민하는 것이었다.

하지만 이대로라면 각인 도중 쓰러질 것이 분명했다.

마차를 타고 올 때 덜컹거린다고 집중이 흐트러져 쓰러졌었다.

지금 각인을 한다면 부작용이 발생할 확률이 십 할이었다.

그러나 이대로 멍하니 병마용을 상대한다고 방법이 있는 것도 아니었다.

이대로라면 이 공동의 수많은 병마용을 다 상대해야 했다.

처음 한두 기 때 이런 걸 알았다면 출구인 환풍구로 도망이라도 쳤을 텐데.

이미 퇴로도 다 막힌 상황이었다.

아무리 생각해 봐도 답이 없었다.

"그래, 하자!"

서연은 결국 모험을 택하기로 했다.

병마용들의 칼날을 피하면서 조금씩조금씩 각인 작업을 시작했다.

기억의 방에서 당시의 기억을 떠올리며 그걸 자신의 뇌 쪽으로 땡기는 느낌을 주었다.

빠득!

기억이 머릿속에 박히기 시작하자 특유의 두통이 일기 시작했다.

서연은 이를 꽉 깨물었다.

'큭! 이것도 아니고 윽! 이것도…….'

모험을 걸었음에도 불구하고 자신이 찾는 기억은 아직 떠오르지 않았다.

'안 되겠어. 한 번에 가자. 한 번만 참으면 돼!'

서연은 이대로도 답이 없는지 결국 한 번의 모험을 더 걸었다.

한 번에 많은 양을 각인시키기로 한 것이었다.

"윽! 윽! 그래! 찾았……. 아악!!"

한 번에 많은 기억을 각인시키자 서연은 그토록 기억하고자 했던 것을 찾았다.

하지만 그 대가도 만만치 않았다.

엄청난 고통이 그를 찾아온 것이었다.

그리고 고통에 몸부림치는 서연을 병마용들이 가만둘 리가 없었다.

"서연아! 안 된다. 이놈들."

서연이 크게 비명을 지르면 주저앉자 병마용은 기회를 잡았다는 듯 칼을 빼 들었다.

그리고 서연의 머리통을 향해 칼을 내리찍었다.

일촉즉발의 상황!

하지만 이번에도 서연의 머리통은 무사했다.

빠각!

서연의 머리 위로 무언가가 끼어들어 병마용의 칼을 막아 낸 것이었다.

칼을 막아낸 것은 바로 괴의의 팔이었다.

너무나 급한 상황이라 뒤를 생각지 않고 막아낸 것이었다.

다행히 내공을 급히 두른 덕분에 잘려 나가진 않았지만 병마용의 가공할 힘에 괴의의 팔은 부러진 듯 보였다.

"크흑! 이런!!"

팔이 부러지자 아픔에 괴의는 절로 신음이 나왔다. 하지만 지금은 그런 아픔을 소호할 시간도 없었다.

그의 등 뒤로 뭔가가 날아오는 소리가 들려왔기 때문이었다.

'쾅'

수십 기의 병마용의 칼들이 동시에 서연과 괴의가 있던 곳을 무자비하게 내리찍었다.

그러자 큰 소음과 함께 먼지가 자욱하게 일어났다.

다행히도 그곳에 서연과 괴의의 모습은 보이질 않았다.

그리고 자욱하게 일어난 먼지 때문일까?

괴의는 잠시의 시간을 벌 수 있었고 곧바로 행동했다.

병마용들이 먼지 때문에 둘을 시야에서 놓치자 그 순간을 놓치지 않고 서연을 안전한 곳으로 이동시킨 것이었다.

"크윽 괜찮느냐? 도대체 무슨 일이 있었던 게냐? 코와 눈에서 출혈이라니?"

병마용을 피해 근처의 벽으로 향한 괴의는 팔이 부러진 고통도 잊고 서연부터 챙겼다.

앞에도 말한 바와 같이 서연의 상태가 매우 심각해 보인 탓이었다.

코에서 연신 코피가 흐르고 있고 눈의 실핏줄도 있는 대로 터진 듯 보였다.

'크윽! 사부님께 말을 해야 하는데 윽! 말을 할 수가 없어.'

괴의의 그런 물음에도 서연은 대답을 할 수가 없었다.

엄청난 고통에 말을 할 수가 없었던 것이다.

이 정도라면 혼절을 하는 게 정상이었으나 과거 이런 경험이 몇 번 있었던 덕분인지 가까스로 흩뜨려지는 정신을 붙잡고 있었다.

서연이 그렇게 버티는 이유는 한 가지였다.

이 위기를 벗어나기 위해서 괴의에게 꼭 해야 할 말이 있었기 때문이었다.

하지만 도저히 입을 뗄 수가 없었다.

말을 하려고 조금이라도 긴장을 푸는 순간!

자신이 정신을 잃을 것임을 누구보다 잘 알았기 때문이었다.

서연이 그렇게 정신을 잡으려 그렇게 안간힘을 쓰는 그때였다.

갑자기 서연의 몸속에서 변화가 일어났다.

그의 아랫배, 즉 단전에 자리 잡은 천선기가 움직인 것이다.

그 주인인 서연이 위기를 알고 있기라도 한 듯 천선기가 절로 일어난 것이다.

천선기는 그렇게 서연의 온몸을 한 바퀴 돌기 시작했다.

그리고 출혈이 일어난 곳을 찾아 치료해 나갔다.

코에서도 눈에서도 어느새 출혈이 멈췄다.

천선기는 서연의 몸에서 더 이상 출혈이 일어나지 않자 고통의 원인이 되는 뇌를 향했다.

그리고 뇌에 도착하자 서연이 느끼고 있는 엄청난 고통을 덜어주었다.

그리고 그것이 뜻하는 것은 서연에게 잠시 동안 말을 할 수 있는 자유가 생겼다는 것이기도 했다.

"사… 부니… 임!"

"그래! 서연아, 정신이 들더냐? 대체 어디가 아픈 게냐?"

"그… 그게 중… 요… 않……. 병… 마… 용… 약저…
엄……. 크윽!"

서연은 그렇게 가까스로 괴의에게 이 위기를 탈출할 방법
을 설명할 수 있었다.

그리고 말이 끝나자마자 이내 정신을 잃었다.

*   *   *

써걱!

써걱!

사방이 돌 벽으로 가로막힌 작은 별실에는 온통 약 향이 넘
쳐 흘렸다.

별실의 가운데에 위치한 자그마한 모닥불 위에 약탕기가
놓여 있었기 때문이었다.

그런 약탕기의 근처에서는 무언가가 썰리는 소리가 들려
왔다.

약탕기가 보이는 것으로 보아 이곳에는 환자가 있어 보였
다.

그를 증명하듯 모닥불 근처에는 한 소년이 죽은 듯 누워
있었다.

그리고 그 소년의 옆엔 한 노인이 그런 소년을 간병하고 있었다.

"말년에 이게 무슨 복이더냐? 제자에게 호강 받으면 살 나이에 오히려 팔 한쪽이 부러진 채로 제자 녀석 수발이나 들다니. 에잉! 고약한 녀석!"

비상용으로 챙겨둔 약초를 썰어대던 노인은 뭔가 불만이 있는 듯 투덜거렸다.

그 불만은 당연히 아직도 자리에서 일어나지 못하고 있는 제자 서연 때문이었다.

더군다나 한쪽 팔이 부러져 행동마저 불편했다. 여러모로 성질이 날 수밖에 없는 입장이었다.

"그나저나 참 신기할 녀석이야. 분명 칠공에서 피를 토했는데……. 그리고 병마용의 약점은 또 어찌 알았을꼬?"

서연에게 역정을 내던 괴의는 이내 그의 몸 상태를 신기해했다.

그도 그럴 것이 아무리 진맥을 해봐도 서연의 몸에선 별다른 이상이 없었다.

이상이라고 해봐야 백회혈 쪽으로 향하는 혈류의 흐름이 좀 빠른 정도였다.

하지만 이 정도에 칠공에서 피를 흘린다는 것은 말이 안 되었다.

또 한 가지 신기한 것이 있었다.

바로 서연이 쓰러지기 직전에 그에게 했던 말이었다.

"병마… 용… 약저… 엄……. 크윽! 왼쪽… 누… 운."

서연은 병마용의 약점이 왼쪽 눈이라고 했다.

괴의는 서연이 그 말을 반신반의했지만 믿겨야 본전이라는 생각으로 공격해 봤다.

그런데 왼쪽 눈을 찌르자 정말로 병마용의 움직임이 멈추는 것이 아닌가?

그다음부턴 일사천리였다.

목을 쳐 내는 거야 어려웠지만 눈을 찌르는 건 한쪽 팔의 부상을 안고서도 쉬웠던 것이다.

괴의는 그렇게 순식간에 움직이는 병마용들의 왼쪽 눈을 전부 찔러 멈추었다.

그리고 머리 부분을 쳐 낼 때와 다르게 충원되는 병마용도 생기지 않았다.

전투가 끝나자 괴의는 재빨리 움직였다.

서연의 상태가 걱정된 것이다.

하지만 그렇다고 위험천만한 병마용이 있는 공동에서 치료를 할 수는 없었다.

그래서 급히 서연을 안고 공동의 중앙에 위치한 지하궁전 쪽으로 향한 것이다.

지하궁전은 사방이 석벽으로 둘러싸인 묘실을 중심으로 갱도 식으로 사방에 별실을 두고 있었다.

괴의는 그중에 한곳인 이곳에 서연을 데리고 와 치료를 하고 있는 중이었다.

"이 녀석! 벌써 이틀째거늘. 네 녀석이 일어나야 내 궁금한 것을 물어볼 게 아니냐? 어서 일어서지 못하겠느냐?"

괴의는 말을 그렇게 툴툴대면서도 서연이 걱정되는 모양이었다.

몸에 이상이 없으면 응낭 일어나야 할진데 일어날 기미가 안 보이는 것이다.

그래서인지 마지막에는 약간의 걱정스러움이 담겨 있었다.

"끄응!"

괴의의 말이 끝낼 때 즈음!

그 말을 듣기라도 한 듯 서연이 반응을 보였다.

"연아! 이 녀석아! 정신이 드는 게냐?"

괴의는 서연이 반응을 보이자 놀라 그의 몸을 흔들어댔다.

그리고 그런 괴의의 행동 때문인지 서연은 더 빨리 정신을 차릴 수가 있었다.

"윽! 어지러워요. 사부님! 아 여기가 어디에요?"

막 정신을 차린 서연은 현재 상황이 파악되지 않았다.

두통의 여파 때문인지 아직도 정신은 어지러웠고 기억에 없는 장소에 와 있는 것도 그런 혼란스러움을 가중시켰다.

"공동의 중앙에 있던 지하궁전 안이다. 그리고 네 녀석이 쓰러진 지도 이틀이 지났지."

"아! 병마용! 병마용들은 어찌 되었어요?"

"우리 둘 다 살아난 것을 보면 모르겠느냐? 다 처리했다. 네 녀석 말대로 왼쪽 눈을 누르자 작동을 멈추더구나."

"아! 예상이 맞았군요. 다행이네요."

서연은 괴의 말에 자신의 예측이 맞았음에 안도했다.

위급한 상황에서 한 도박이 성공한 것이었다.

"그나저나 병마용의 약점은 어찌 안 게냐? 그리고 갑자기 피를 토하다니 그건 어찌 된 일이고?"

괴의는 서연이 정신을 차리자 이내 궁금한 것들을 물어왔다.

예전부터 이해가 잘 안 되는 부분이 있는 녀석이지만 이번엔 상식적으로 이해가 되지 않았다.

"하하! 그게요… 어쩌다 보니 알게 되어서."

서연은 그런 괴의의 물음에 얼버무렸다.

서연이 병마용의 약점을 파악한 것은 앞서 살펴본 봐와 같이 전생의 기억을 훑었기 때문이었다.

앞서 말한 대로 서연은 이 시황릉에 와본 적이 있었다.

그런 와중에 이상한 점을 두 가지 발견했다.

한 개는 전에도 기억하고 있던 목 없는 병마용에 대한 것이었다.

그리고 기억나지 않던 한 가지!

그것은 바로 안으로 들어갈수록 발견된 병마용들은 입구와는 달리 목이 잘린 녀석은 없었지만 대신에 한 가지 비슷한 특성을 전부 지니고 있었다는 점이었다.

바로 왼쪽 눈이 묘하게 다 파괴되어 있었던 것이다.

여기서부터 서연의 추리는 시작되었다.

명확한 것 한 가지는 중국정부는 분명 시황릉을 어떻게든 탐사했다는 점이다.

그렇다면 그 발굴에 병마용의 함정이 발동되었을까?

그것은 입구 쪽에 병마용들이 목이 잘린 채로 발견된 것에서 알 수 있었다.

발동이 되었기에 그것이 보인 것이 아닌가?

중국정부가 아무리 난장판이라도 병마용 같은 귀중한 유산을 함부로 훼손할 리가 없었다.

그렇다면 뒤쪽에서 발견된 왼쪽 눈의 흔적은 무엇일까?

그것은 중국정부가 마련한 이 함정에 대한 해결책이 아니었을까?

서연은 각인을 하던 그 짧은 순간에 이 모든 가정을 했던 것이다.

그리고 그 가정이 맞다면 분명 병마용는 왼쪽 눈에 큰 약점을 지니고 있을 터!

괴의에게 혼신을 다해서 그것에 대해 말을 건넨 것이었다.

하지만 이 모든 걸 괴의에게 어찌 설명해야 할까?

뭐 솔직히 툭 까놓고 이야기 하고픈 생각도 들었지만 서연은 이내 그런 맘을 접었다.

우선은 믿어줄지가 의문이고 왠지 모르게 자신의 전생에 대해서는 절대 말하면 안 될 것 같은 기분이 든 탓이었다.

이것은 괴의뿐만 아니라 딴사람들에게도 마찬가지로 장가장의 식구들에게도 여러 번 털어놓을까 하는 생각을 했지만 그때마다 이런 감정이 들어 포기했던 것이다.

"그렇게 얼버무리지 말고 제대로 이야기를 해보거라. 전에 시황릉의 위치를 알아낸 것도 그렇고 대체 네 녀석은 왜 그렇게 비밀이 많은 게냐? 비록 사승을 맺은 지 얼마 되지 않았지만 난 네 스승이다. 스승에게 못할 말이 있는 것이냐?

아니면 이 스승에도 전하지 못할 만큼 그 비밀이 중한 게 냐?"

괴의는 서연이 얼버무리자 서운하다는 듯이 말했다.

그도 그럴 것이 이 시대의 사승관계는 서연이 겪은 전생의 사승관계와 많이 달랐다.

서연이 생각하는 사승관계는 학교의 선생님과 제자의 관계지만 이 시대에 사승을 맺는다는 것은 또 다른 부모를 섬기는 것과 것이다.

사부(師父)의 부자가 괜히 아비 부(父)이겠는가?

자식이 없는 괴의로서는 서연이 친 손주와 같은 제자인데 그런 녀석이 자신에게 숨기는 부분이 있자, 서운했던 것이다.

'아, 내 생각이 짧았구나. 아직도 내가 이 세상의 사람이 아니라 이방인이라 생각하고 있었구나. 시대에 맞게 모든 걸 생각해야 했거늘. 그나저나 마냥 얼버무리기엔 너무 죄송스럽고 그렇다고 솔직히 터놓기도 힘들고 머리가 아프네. 음… 아! 그러면 될까?'

괴의의 말에 미안한 맘이 든 것인지 서연은 그가 납득할 수 있는 답을 해줘야겠다는 생각이 들었다.

그렇게 고심하길 잠시 이내 뭔가가 떠올랐다.

"휴. 그렇게 말씀하시니 다 말해 드릴게요. 먼저 사부님께 사과를 드려야 할 것 같아요. 사부님께 아직 밝히지 않은 사실이 있거든요."

"밝히지 않은 것이라? 그게 뭐더냐?"

"제가 익힌 운공법이 담긴 목간 기억하시죠? 제가 밝히지 않는 건 그 목간에 대한 것이에요."

"그 목간에 무슨 비밀이라도 있는 게냐?"

"네! 목간에는 비밀이 있었어요. 그리고 그것을 통해서 병마용의 약점도 알 수 있었고요."

"대체 무슨 말인지 알아들을 수가 없구나. 쉽게 설명을 해보거라."

괴의는 뜬금없이 목간 타령을 하는 서연의 말을 당최 알아들을 수가 없었다.

"우선은 보여드려야 할 것이 있어요."

그런 괴의의 말이 이해가 가는 서연이었다.

그러하기에 그는 행동으로 괴의의 궁금증을 풀어줄 생각을 했다.

서연이 행한 일이란 바로 자신의 가방에서 목간을 꺼내서 거기에 천선기를 불어넣는 것이었다.

징!

"이게 어찌 된 일이냐?"

서연의 행동에 목간은 예전처럼 진동음을 쏟아내고는 진

면목을 보였다.

그걸 본 괴의는 대경할 수밖에 없었다.

분명 아무것도 적혀 있지 않던 목간의 바깥 부분에 난데없이 지도가 나타나니 놀랄 수밖에 없었던 것이다.

"이것이 바로 밝히지 않은 것이에요. 여기 이 지도! 지도에서 가리키는 곳이 어디인지 아시겠어요?"

"어디 보자. 이곳은 설마?"

"네! 바로 이곳이죠. 시황릉!"

"설마 네가 말한 시황릉의 위치를 적어놓았다던 책자가 이 목간인 게냐?"

괴의는 서연의 말에서 뭔가 떠오른 듯 외쳤다.

시황릉에 대한 이야기를 하면서 그 위치를 어찌 알아냈냐고 묻자 답한 게 어떤 책자에서 알아냈다 것이었다.

그러나 그 책자가 무엇인지?

어떻게 알아낸 것인지에 대해선 얼버무려왔는데 바로 이 목간이 그것이었구나 생각이 든 것이었다.

"네. 아시다시피 전 오랫동안 이 목간을 조사해왔어요. 그리고 이 목간이 가진 비밀도 파악해냈죠. 그 비밀이란 게 이 지도였고 오랜 연구 끝에 이 지도가 가리키는 것이 시황릉이라는 것도 알아냈어요. 그리고 이곳에는 병마용에 관한 것도 적혀 있었죠."

"병마용에 대한 것도 적혀 있다는 말이냐? 대체 어디에 그런 말이 있단 말이냐?"

"요기 지도의 아래쪽에 문자 같은 거 보이시죠?"

서연이 지도의 한 군데를 가리키자 그곳에는 정말로 웬 문자 같은 것이 보였다.

"오, 그래 있구나! 그것이 병마용에 관한 것이냐?"

"네! 병마용과 그 약점에 대해 적혀 있어요."

괴의의 물음에 서연은 고분하게 답했다.

딱!

그리고 그 순간에 정신이 번쩍 들 만한 충격이 머리에 밀려왔다.

"앗! 아야! 갑자기 이게 무슨 짓이세요? 아, 머리야!"

서연이 아파하는 이유는 바로 괴의가 그의 머리에 딱콩을 한방 날렸기 때문이었다.

그것도 내기라도 실은 듯이 매우 강하게 말이다.

"무슨 짓이냐니? 대체 이 중요한 것을 어째서 이야기하지 않았느냐? 하마터면 네가 죽을 뻔했다. 그리고 이 팔을 보거라. 네가 솔직히 이야기했으면 이 스승이 이런 꼴을 당했겠느냐?"

"그게 그것도 이유가 있단 말이에요. 스승님은 이야기를 다 들어보시지도 않으시고는."

괴의의 훈계에 서연은 억울하다는 듯이 대꾸했다.

"뭐라? 대체 그 이유란 게 뭐냐? 한번 들어나 보자."

"그게 요기에 적힌 내용이에요. 요기에 적힌 것은 황동상, 함정, 왼쪽 눈, 공략 네 글자에요. 말 그대로 황동상은 함정이고 왼쪽 눈이 공략법이다 이런 뜻이겠죠."

"그러면 다 나온 게 아니냐? 그게 들어볼 만한 이유가 되느냐?"

"자, 보세요. 요기 적힌 글! 황동상이라고 하잖아요. 근데 병마용은 어떻죠? 누가 봐도 돌상이잖아요. 그게 어떻게 같아요."

"그러니까 네 말은 병마용이 돌상이라 황동상이랑 틀린 줄 알았다 이 말이더냐?"

"네! 당연하죠."

"에휴! 제자라고 들인 게 헛똑똑이구나. 다른 곳에서 머리가 잘도 돌아가던 녀석이 어찌?"

괴의는 서연의 대답에 어의가 없는 듯 큰 한숨을 내쉬었다.

자신이 첫 번째 병마용과 싸울 때를 봤으면 알 것이 아닌가?

주먹을 내지를 때마다 텅하던 소리가 들렸는데 어찌 병마용을 돌상이라고 착각할 수가 있단 말인가?

"솔직히 첫 번째 실전이라 긴장만 하지 않았다면 금방 알수도 있었다구요. 눈앞에서 병마용의 칼이 휙휙 지나다니는데 어떻게 그런 생각까지 했겠어요. 그나마 저니까 나중에라도 병마용이 황동상이구나 생각을 했죠."

"그래! 참 똑똑하구나. 똑똑해. 그런 똑똑한 녀석을 제자로둔 탓에 이 스승은 말년에 팔이나 부러지고 말이지."

"아! 맞다. 팔 괜찮으세요?"

서연은 괴의의 말을 듣자 그제야 자신을 구하려다 다친 팔이 떠올랐다.

"참 늦게도 물어보는구나. 뭐 제대로 똑 부러졌다. 제대로붙으려면 못해도 몇 달은 가겠구나. 조사님의 신물을 찾으려면 팔이 이래서 안 되는데 큰일이구나."

"죄송해요. 저 때문에."

"아니다. 나도 급한 맘에 실수를 한 게지. 내기를 제대로둘렸으면 부러질 일은 없었을 텐데."

"그래도 죄송해요. 그런데 아직 조사님의 신물은 못 찾으셨나요? 아직 이곳 주변을 다 살펴보지 않으신 건가요?"

괴의의 팔을 죄송스럽게 바라보던 서연은 이내 신물에 대한 것을 물었다.

"네 치료를 하면서 겸사겸사 주변을 다 살폈지만 신물을아직 발견하지는 못했구나. 아마 어딘가 숨겨져 있는 듯한데 그곳이 어디인지 알 수가 없구나."

"음 그럼 대충 드러난 곳은 다 찾으신 건가요?"

"그래. 드러난 곳을 설명하려면 이 지하궁전의 모양새부터 설명을 해야겠구나. 이곳이 어떠냐면 말이다……."

괴의는 그렇게 자신이 이틀 동안 이 지하궁전을 살펴본 바에 대해서 설명하기 시작했다.

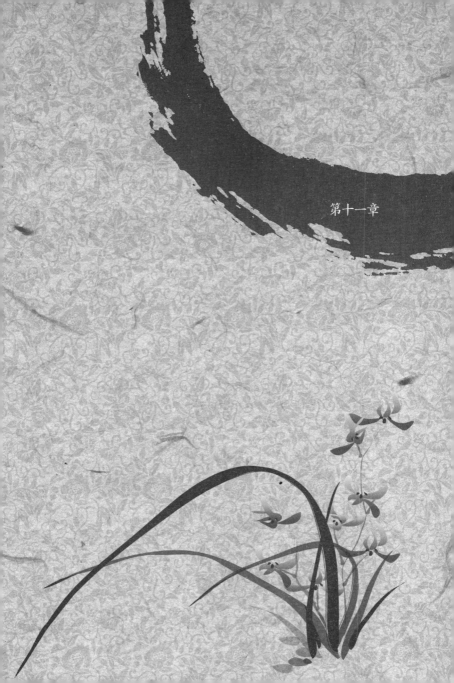

第十一章

괴의의 설명을 듣자 서연은 이내 지하궁전의 구조에 대해서 대충이나마 파악할 수 있었다.

　지하궁전의 중심에는 사방이 가로막힌 묘실이 있었고 그 묘실을 중심으로 사방으로 통로가 나 있는 구조였다.

　그런 통로의 중간중간에는 지금 서연이 있는 곳 같은 별실이 있었다.

　그리고 그런 별실마다에는 각종 부장품이 쌓여 있었다.

　"음 그럼 일단 별실마다 들러서 부장품들을 살펴봐야겠군요. 일이 많네요."

"그러게 말이다. 대충 눈으로 훑어봤지만 조사님의 신물은 보이지가 않았다. 하지만 부장품들 속에 섞여 있을 수도 있음이니. 일단은 다 살펴봐야겠구나."

"휴. 별실의 개수가 한두 개도 아니고 그 별실마다 부장품이 있으니 시간이 얼마나 걸릴지 알 수가 없네요."

"팔이라도 멀쩡하면 좋을 텐데 내 한쪽 팔이 이러니 더 시간이 걸리겠구나. 그나저나 걱정이구나. 이곳에 오면 신물을 금방 찾을 줄 알았거늘. 당장은 식량부터가 문제구나."

괴의나 서연이나 단순하게 시황릉을 찾으면 신물을 찾는 것에 어려움이 없을 것이라고 생각했다.

그래서 식량도 겨우 일주일 분량만 준비한 상황이었다.

하지만 막상 이곳의 규모를 보니 그 정도의 시간으로 이곳을 다 파악하기는 어려워 보였다.

전생에서도 이 지하궁전 부분은 중국정부가 관람을 허락지 않은 부분이었다.

그러하기에 서연도 막연하게 지하궁전이 있다고만 배웠지 이곳이 이렇게 넓은 공간이 있는 것인지 알지 못했다.

"그렇다고 몇 달치의 식량을 구해오는 것도 힘들잖아요. 그렇다면 사람을 부려야 할 텐데 자칫하다가는 이곳의 위치를 세상에 들킬 수가 있어요."

"음, 일단은 일주일 동안 최대한 살펴보자구나. 그 뒤에는 내가 혼자 나가서 식량을 구해 오든지 해야겠구나."

"사부님께서요? 고생이실 텐데."

"이제 갓 경공을 배운 네가 제대로 식량을 구해오겠느냐? 그러니 당분간은 내가 노구를 이끌고 다녀야지. 더군다나 진법도 문제일 테고."

괴의의 말처럼 서연이 식량을 구하겠다고 나서 봐야 시간만 걸리고 엉성한 경공 탓에 주변에 사람이 다닌 흔적만 남길 터였다.

누군가가 혹시 그런 서연을 이상하게 여겨 살펴본다면 시황릉의 위치가 드러날지도 몰랐다.

더군다나 구덩이 주변에 세워둔 진법도 문제였다.

사람이 오는 것은 진법의 특성상 막을 수 있지만 천재지변은 다른 문제였다.

갑자기 폭우가 내린다거나 태풍이 온다거나 하면 구덩이 주변에 세워둔 나무막대들이 어찌 될지도 몰랐다.

그렇다면 매일 살펴볼 필요가 있었다.

진법에 대해 아는 바가 전무한 서연보단 괴의가 나서서 잘못된 곳이 있는지 살펴보는 게 나았다.

괴의로서는 제자를 잘못 둔 탓에 말년에 고생할 팔자로 보였다.

"네. 최대한 찾는 시간을 줄여 볼 필요가 있네요. 지금부터

라도 얼른 찾아보죠."

"그래, 그러자꾸나."

대충 앞으로 할 일이 정해지자 서연과 괴의는 이내 별실을 나서 다른 곳을 뒤지기 시작했다.

하지만 그렇게 나서는 그들도 이 일이 쉬이 빨리 끝나지 않을 것이라는 것은 알고 있었다.

*　　*　　*

지하궁전 주작로 삼실.

이곳이 바로 지금 서연이 있는 별실의 이름이었다.

서연과 괴의는 수많은 별실을 구분하기 위해서 각각의 별실에 이름을 붙였다.

그러나 통일성 없이 부르기엔 별실의 수가 너무 많아 헷갈릴 수밖에 없었다.

그러하기에 나름 머리를 쓴 것이 이 지하궁전 내 별실에 대한 작명법이었다.

이는 지하궁전의 구조에서 기인했다.

앞서 말한 대로 지하궁전은 중앙 묘실을 기준으로 사방으로 길이 나 있었다.

그리고 그 길의 맨 끝에는 네 개의 큰 별실이 존재했는데 각각의 별실에는 사방신이 조각되어 있었다.

사방신이라고 하면 청룡, 백호, 주작, 현무고, 그 별실로 통하는 길을 청룡로 주작로 등의 이름으로 부른 것이다.

지금 서연이 있는 이 주작로 삼실이란 건 바로 주작로에서 중앙 묘실에서 가까운 세 번째 방이란 뜻이다.

각 통로에 있는 별실의 수는 제각각이었지만 대충 잡아 평균적으로 열다섯 개 정도 되었다.

그 수가 작다고 여길지는 모르겠지만 별실의 크기는 천차만별이었다.

어떤 별실이야 한 시진 만에도 뚝딱 살펴볼 수 있었지만 어떤 곳은 일주일이 지나도 다 살펴보지 못할 만큼 넓고 부장품의 수도 많았다.

그리고 부장품들은 하나같이 고대의 희귀한 사료들이었다.

괴의나 서연이나 둘 다 사료들 귀히 여기는 편이었기에 함부로 대하기 힘들었다.

물론 그 때문에 수색의 시간은 더뎌만 갔다.

히지만 괴의나 서연은 의지의 인간이었다.

무려 석 달!

석 달이란 시간 동안 쉴 틈 없이 움직여 마침내 모든 별실을 살펴본 것이다.

그것이 바로 어제였다.

"다 살펴보면 뭐해. 정작 중요한 조사님의 신물이 없는데. 후아. 분명 어딘가 숨겨져 있을 텐데. 결국 이곳에서 단서를 찾는 수밖에 없구나."

지난 석 달간의 고생을 떠올리던 서연은 그것이 헛수고였음에 실망했다.

모든 별실을 다 살펴봐도 정작 찾는 의성의 신물이 없었던 것이다.

그래서 서연이 찾은 곳이 바로 이곳 주작로 삼실이었다.

그리고 그가 이곳을 찾은 것에는 이유가 있었다.

바로 이곳 주작로 삼실이 이곳 지하궁전에서 유일하게 책자들을 모아둔 별실이었기 때문이었다.

"사부님이나 나나 기댈 곳은 이곳밖에 없구나. 그나저나 엄청나네. 역시 시황제 영정이다. 미친놈답게 무덤에서도 이렇게 크게 지어놓다니. 그래놓고 분서갱유는 웬말이냐?"

서연은 막상 서고의 서책들을 읽을 생각을 하니 엄두가 나지 않았다.

앞서 말한 대로 별실의 크기는 천차만별이었다.

그리고 이곳 주작로 삼실은 그런 천차만별의 크기 중에서도 상위권에 속할 만큼 넓은 곳이었다.

그리고 그 크기만큼 부장품의 수도, 즉 서책의 수도 엄청났다.

굳이 따지자면 장가장의 서고인 청수각의 크기와 비슷한 정도였다.

청수각의 서책 수가 근 삼만 권에 이르니 이곳도 삼만 권이라고 할 만했지만 실제는 달랐다.

이는 이곳의 서책이 현재의 서책과는 다르게 목간 형태를 뛴 것이 많아 부피가 큰 탓이었다.

실제로 따져본다면 청수각의 서책의 수의 절반 정도일 터였다.

하지만 그래도 만 단위의 서책이다.

분서갱유를 단행한 폭군 영정의 무덤인데 이런 서책들이 모셔져 있다니 서연으로서는 뭔가 모순적이라는 감정이 들었다.

"뭐 일기와 관련된 내용이 나올 수도 있으니 많으면 좋지. 어차피 서책은 다 읽어볼 요량이었잖아. 이곳에서 하루 종일 보낼 수 없다는 것이 아쉽지만. 뭐 그래도 이곳에는 책 읽을 때마다 뒤에서 방해하던 녀석도 없으니 금방 읽을 수 있을 거야."

전에 목간에 대해 괴의와 이야기를 나눌 때 시황릉에 오면 이곳에 혹시 있을지도 모를 서책들을 전부 읽어볼 것이라 결심했었다.

그러하기에 많은 수의 서책이 꼭 부담스럽지만은 않았다.

하지만 아쉬운 것은 하루의 모든 시간을 이곳에서 보낼 수 없다는 점이었다.

바로 무공과 의술 수업 때문이었다.

괴의는 궁전의 수색에도 열심히 하였지만 서연을 가르침에도 소홀하지 않았다.

오히려 혹독하게 가르쳤다.

서연의 무공실력이 이곳에서 제대로 들어나자 이대로 둘 수 없다는 생각이 든 것이었다.

물론 그 결과 지난 석 달 동안 서연은 무공 수업 때마다 파김치가 되어야 했다.

하지만 그만큼의 성과도 있었다.

우선은 천선기가 늘어났다.

물론 엄청나게 늘어난 것은 아니지만 희한하게도 이곳에서 운공을 하면 밖에서 운공할 때보다 천선기의 양이 조금 더 쌓였다.

이에 서연도 운공법에 재미를 붙일 수밖에 없었다.

건곤보와 건곤십이수의 수련도 상당수 진척이 되었다.

특히 그렇게 힘들어하던 유수행의 수련은 놀란 만큼 진척되었다.

천선기가 늘어나자 기의 운용이 조금 쉬워진 탓도 있었지만 그것에 다른 이유가 있었다.

바로 실전경험!

서연은 이곳에서 매일 죽을 만큼 실전경험을 쌓고 있었다.

그 대상은 바로 병마용들이었다.

한때는 서연을 죽음에 이끌게 했던 나쁜 녀석이었지만 이제 와서는 효자가 따로 없다.

약점이 드러난 이상 병마용은 그다지 무서운 상대가 아니었다.

그래서 괴의는 서연의 수련에 병마용과의 대련이라는 부분을 집어넣었다.

처음엔 한 기도 상대 못해 쩔쩔매던 서연은 지난 석 달간 달라졌다.

어느새 첫 번째 물결이라고 불리는 다섯 기의 돌격에도 버티는 정도가 된 것이다.

물론 그 모든 게 어떻게든 살아보겠다고 발악한 결과지만.

그렇게 무공에 대한 것을 생각하던 서연은 이내 다른 생각이 들었다.

바로 책을 읽자고 생각을 하자 맨 처음 떠오르는 것이 한 소녀의 얼굴 때문이었다.

물론 그 소녀의 이름은 백지소녀 장미현.

장가장에서 공부를 할 때마다 방해하던 미현이와의 긴 세월을 생각하자 절로 떠오를 수밖에 없었던 것이다.

　"집 떠나온 지도 벌써 반년이 넘었나? 다들 잘 계시려나?"

　미현의 생각 때문인가?

　서책들 살펴보는 서연의 눈에는 어느새 저 멀리 장가장의 모습이 떠오르는 듯이 보였다.

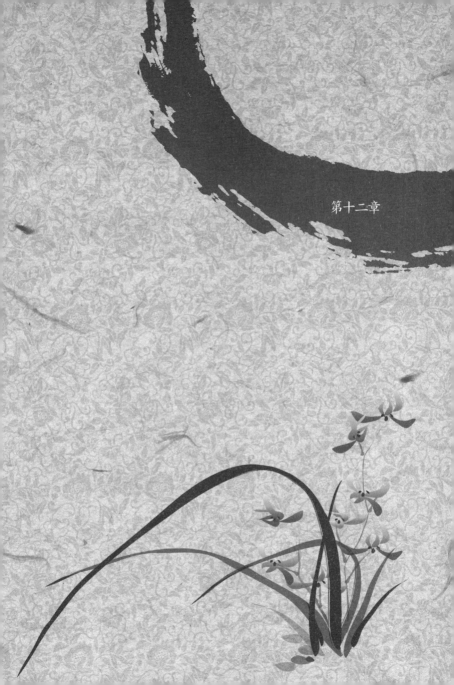

第十二章

사천성 성도에도 어느새 깜깜한 밤이 찾아왔다.

집집마다 밤을 밝혀주던 불들이 꺼져 가고 고요해지는 밤!

하지만 그런 밤에 오히려 밝게 빛나고 시끄러워지는 곳이 성도엔 존재했다.

화려한 밤의 꽃들이 피어나는 곳!

그것은 성도의 색주가였다.

한 개의 성의 주도인 성도의 색주가가 작을 리가 없었고 이곳에 수많은 기방이 모여 있었다.

하지만 그런 수많은 기방 중에서도 특출 난 곳은 있게 마련이었다.

사천에 사는 사내들이라면 누구나 한번쯤 찾아보고파 하는 곳.

세인들은 그곳을 모란각이라 불렀다.

그리고 오늘밤에도 불이 꺼지지 않을 모란각에는 매일 그렇듯 사람들이 북적였다.

"어머나! 대인."

그런 모란각 안으로 한 사내가 들어서자 여인네의 코맹맹이 소리가 들려왔다.

"오호! 이게 누구냐? 앵란이로구나!"

"대체 이게 얼마만이세요? 뭐가 그리 바쁘셔서 이제야 오시나요? 매일 출근 도장을 찍으시던 분이."

"사내가 일을 하다면 바쁠 때도 있는 법이지."

"호호! 소문대로 하시던 일이 잘되시나 봐요. 이제라도 자주 들리셔야죠?"

"하하! 그래, 자주 들리마. 오늘밤부터 우리 앵란이랑 부타는 밤을 즐겨볼까?"

"호호, 대인이라면 언제나 환영이랍니다. 그럼 주안상을 준비할까요?"

"음. 그럴… 아! 아니다. 오늘 일단 먼저 만나 뵐 분이 있다. 혹시 손님 중에 이러이러한 분이 없더냐?"

앵란의 말에 짐짓 흥이 솟아난 사내지만 만나야 할 자가 떠오르자 이내 그런 흥도 가라앉았다.

그리고 앵란에게 자신이 만나야 할 자가 손님으로 오지 않았는지 물었다.

"아! 그분이요. 그분이라면 초저녁부터 오셨는데 대체 뭐 하는 분이세요? 초저녁부터 천실(天實)을 전세 내어 쓰고 계시는데."

앵란은 사내가 초저녁부터 자신의 흥미를 돋우는 인물을 아는 듯하자 그의 정보를 캐물었다.

천실은 말 그대로 모란각에서 하늘에 제일 가까운 곳! 바로 제일 위 꼭대기 층을 가리켰다.

성도에 몇 없는 고층건물인 모란각이었다.

그러다 보니 젤 꼭대기 층에서 내려다보는 전망을 좋을 수밖에 없었고 그만큼의 대가를 치러야 하는 공간이었다.

성도내에서 웬만큼 부자라고 불리는 자들도 함부로 대여하지 않는 공간이었다.

그런 곳을 초저녁부터 전세 내다시피 하는 인물이었다.

소위 말하는 천하거부(天下巨富)가 아니면 하지 못할 행동인 것이었다.

"그래, 천실(天實)에 계시는가 보구나. 그리고 충고하겠는데 그분에게 관심을 끊거라. 네가 감당할 분이 아니시다. 알겠느냐?"

"네? 대체 얼마나 대단하신 분이기에 대인께서 그런 말씀을 하시는지요?"

"허허! 내 말이 우스운 게냐? 분명 관심을 끊으라고 했을 터인데."

"호호! 제가 어찌 대인의 말씀을 우습게 여기겠어요. 대인의 말씀대로 할 터이니 그만 화를 푸시어요."

"그래! 내가 과민했구나. 내 그분과의 일이 끝나면 널 찾을 테니 후에 시간을 비워두거라. 알겠느냐?"

"호호! 물론이죠. 대인 품에 안길 생각을 하니 벌써부터 몸이 뜨거워지는걸요."

"하하! 그래, 기대하거라. 그럼 이만 가보마."

사내는 그렇게 호탕하게 웃으며 앵란을 떠나갔다.

"호호! 으윽! 일개 가축 돼지 주제에 이 앵란이를 우습게 여겨? 그나저나 저 돼지가 저리 모시는 사람이라면 분명히 벌의 인물이겠군. 각주 언니께 알려야겠어."

사내에게 연신 웃음을 보내던 앵란은 그가 시야에서 사라지자 분노의 표정을 내비쳤다.

그러나 그것도 잠시 자신이 해야 할 일이 떠오르나 이내 화를 풀고는 모란각의 각주를 찾아 발걸음을 옮겼다.

    *   *   *

 똑똑!

 "소인입니다. 들어가도 되겠습니까?"

 모란각의 젤 꼭대기!

 일명 천실이라 부르는 곳은 꼭대기 층 자체가 하나의 방인 형태로 이루어졌다.

 그런 천실의 문 앞에선 좀 전 앵란이와 이야기를 나누던 사내가 공손한 자세로 대답을 기다리고 있었다.

 "천행수인가? 들어오게."

 "네, 어르신!"

 기다리던 대답이 들려오자 사내는 방으로 들어섰다.

 천실(天實)이라 부를 만하게 방 안은 화려하기 그지없었다.

 하지만 그런 방의 상석에 자리 잡은 노인의 복장은 수수하기 그지없었다.

 일개 시장에서나 팔 듯한 수수한 청의를 입는 그는 천실과 어울리지 않을 복장임에도 불구하고 뭔가 자연스러웠다.

 이는 그가 가지는 특유의 기도 때문이었다.

 그는 같이 있는 사람을 압도하는 뭔지 모를 기도를 지니고 있었다.

 "그간 잘 지냈는가?"

"네. 어르신이야말로 어떻게 지내셨습니까? 이번에도 상행을 다녀오셨다고 들었습니다."

"허허! 내가 상행을 떠난 게 한두 번인가? 새삼스럽게 뭘 그리 놀라나? 그나저나 내가 없는 동안 제대로 일이 틀어졌구나."

"죄송합니다. 소인의 불찰입니다."

가벼운 인사를 나누던 사내는 노인이 갑작스레 꺼내는 이야기에 급히 고개를 숙였다.

"괜찮네. 그게 어찌 자네 책임이겠는가?"

"아닙니다. 소인이 괜한 욕심을 부려서……. 대인의 대계에 지장을 초래했습니다. 죽여주십시오."

"허허! 괜찮다고 하지 않는가? 그리고 심심풀이로 한번 찔러본 것뿐일세. 더군다나 자네가 잘 처리해 우리가 드러나도 없으니 일의 성패는 별로 중요치 않네. 그나저나 계획을 망친 자가 소년이라고 했던가?"

"네! 사천지방에선 사천소거인이라고 불리는 꽤 유명한 도령입니다."

"그래. 나 역시 그 소년에 대해선 아는 바가 있네."

"어르신께서 어찌 아십니까? 기껏해야 사천지방에서 조그만 명성을 지닌 소년일 뿐인데."

사내는 노인이 소년에 대해 잘 알고 있는 듯하자 놀랐다.

소년이 이곳 사천에서 제법 명성을 얻고 있다고 하지만 중원 전체에서도 변두리가 이곳 사천이었다.

　눈앞의 노인이 그렇게 관심을 둘 만한 인물은 아니었던 것이다.

　"그건 자네가 모를 만한 그만한 이유가 있음일세. 그럼 그 소년은 지금 뭐하고 있는가? 아직 당가에 있는가?"

　"아닙니다. 갑작스레 의원이 되겠다고 나섰다고 합니다. 삼대신의 중에 한 명인 괴의의 제자가 되었다던가요."

　"지금 괴의라고 하였는가?"

　"네, 어르신!"

　"허허! 그거 참 아쉽구만. 하필이면 괴의란 말이지. 뜻하지 않게 나의 계획을 망치고 괴의의 제자가 되었다라. 결국 그렇게 되는구만."

　"그게 무슨 말씀이십니까?"

　"허허! 그런 게 있네. 다만 그 소년은 앞으로 우리와는 다른 길을 걷겠구만. 그 건에 대해선 이제 잊어버리게. 소년에 대해서도 실패에 대해서도. 알겠는가?"

　"네! 알겠습니다. 어르신."

　사내는 노인의 말에 즉답했다.

　둘의 대화는 편하기 그지없지만 사내의 속은 그리 편하지 않았다.

그는 눈앞의 노인이 실제로 얼마로 무서운 인물인지 알고 있는 몇 안 되는 인물 중의 하나였기 때문이었다.

"그건 그렇고 내가 시키는 대로 했던가?"

"아! 앵란이 말입니까? 분부하신 대로 대했습니다."

"그렇군. 잘했네. 그러면 조만간 소식이 오겠군. 이만 나가보게. 자네와 할 이야기는 이로 끝일세."

"네, 어른신! 그럼 편히 쉬십시오."

사내는 노인의 명이 떨어지자 급히 자리를 비우고 방을 나섰다.

그렇게 나서는 사내를 보며 노인은 나지막이 읊조렸다.

"여덟 번째의 아이가 집을 나섰다라. 과연 이게 어떤 변수가 될는지. 앞으로의 일이 재밌겠구나. 하하! 음? 이제야 오는 겐가?"

노인은 뭔가가 그리 재미있는지 크게 웃음을 짓다 문밖에서 누군가의 인기척이 들리자 웃음을 감추었다.

"들어오시게."

스르륵!

노인의 허락이 있자 천실의 문이 열리고 누군가가 들어섰다.

그 인형은 새하얀 궁장차림의 여성이었다.

"소녀가 이곳의 각주인 모란이옵니다. 이렇게 불러주실 줄은 몰랐습니다."

그녀는 바로 이곳 모란각의 각주인 모란이라고 불리는 여
성이었다.

그러나 이상하게도 그녀는 노인이 자신을 찾았다는 말을
했다.

노인이 직접적으로 그녀를 찾은 적은 한 번도 없었는데 말
이다.

* * *

정체 모를 노인이 웬 사내가 서연의 이야기를 나눌 무렵!

그 이야기의 주인공인 서연은 여전히 서책과 씨름 중이었
다.

"이게 진본 산해경인가?"

산해경은 중국의 선진시대에 곽박에 의해 집필된 대표적
인 신화집과 지리서였다.

곽박 사후에 산해경은 후한 시대까지 수많은 이가 참여하
여 총 열여덟 권의 경서가 되었다.

웃긴 건 이런 산해경을 훗날 후대에서는 천시 여겼다는 것
이다.

그런 대표적인 인물이 사기를 지은 사마천인데 사마천은

산해경을 가리켜 감히 말할 수 없는 기서로 절대 믿을 수없다고 말했다고 한다.

이는 바로 산해경 속에 내용이 신화로 치부는 경우가 많기도 하지만 그보다 앞서 그 내용이 뼛속 깊이 중화사상에 빠진 중국인들의 맘에 들지 않는 부분이 많기 때문이었다.

그래서 천시될 수밖에 없는 경서였고 전생의 현대까지 온전하게 내려오지도 않던 경서였다.

그런 경서를 이곳에서 원본 그대로 만나게 되니 서연은 뭔가 감동스런 맘이 들었다.

"오! 치우천황과 헌원과의 전투기록도 있었군. 이거 봐! 치우천황이 이겼었잖아. 역시 떼놈들 역사 왜곡은 이놈들이 갑이군. 뭐 지금은 내가 그 떼놈 중에 한 명인가?"

원본 산해경에는 자오지환웅 다른 말로 흔히 치우천황이라고 불리는 분과 황제 헌원과의 전투에 대해 자세히 나와 있었다.

그 내용은 후세에 알고 있던 것과는 달리 헌원의 승리가 아니었다.

치우천황과 황제 헌원은 서로 치고 박는 난투를 벌린 모양이었다.

전세를 간단히 설명하자면 초반전은 치우천황의 우세!

중반전은 황제 헌원의 우세!

그리고 종반전인 탁록대전에선 치우천황이 승리했다고 적혀 있있다.

이런 사실이 적혀 있으니 자존심 강한 떼놈들이 산해경을 배척했으리라 여겨지는 서연이었다.

그런 떼놈들의 근성에 혀를 내두를 수밖에 없는 그였다.

"근데 희한한 게 있네. 이게 뭐지? 태산에서 보게 된 한 목간에서 발췌라? 엉, 이거 설마?"

산해경의 원본을 읽어나가던 서연은 뭔가에 크게 놀라 외쳤다.

그것은 치우와 헌원의 전쟁에 관한 이야기를 쓴 후 곽박이 남긴 글이었다.

그는 이 전투의 이야기를 태산에서 우연히 보게 된 목간의 내용에서 추출했다는 말이었다.

그러자 서연의 머릿속에 떠오르는 것은 단 한 가지였다.

어쩌면 그것이 천선지사의 두 번째 목간이라는 생각이 든 것이었다.

"태산이라. 확실히 태산에도 자오지환웅의 석상이 있었지. 그리고 고대로부터 하늘에 제사를 지내는 것으로 유명한 곳이었고 어쩌면 태산에 가보면 알 수도 있겠구나. 목간의 소재에 대해서."

전생의 기억에 따르면 자오지환웅, 즉 치우천황의 석상은 온 중국에 걸쳐 존재하고 있었다.

그렇다면 태산에서도 그런 제사의식이 자오지환웅에 의해서 치러졌을 수도 있고 어쩌면 그에 따라 그의 후손이 그 자리에 머물렀을지도 몰랐다.

"일단은 다 예상일 뿐이지. 그리고 당장은 조사님의 신무를 찾는 것이 중요하니. 일단 단서를 구했다는 것에 만족하자. 그럼 다른 책들을 볼까나? 음, 이건 고대 영수들에 대한 책이군."

산해경을 다 읽은 서연은 이내 다른 책을 읽어나가기 시작했다.

그 책은 고대 때부터 전해 내려오는 영수들의 이야기를 담은 책이었다. 그것 역시 서연의 흥미를 끌 만했다.

그러길 한참 서연은 책을 다 읽고선 분석을 시작했다.

"뭘 영수가 이렇게도 많은지. 그래도 대표적인 게 사신수구나 그리고 붕새와 봉황. 그러고 보니 붕새와 봉황, 주작 서로 비슷한 영수들에 대한 분석도 있었지. 재밌었어."

서책의 내용에 따르면 붕새는 공자가 말한 곤이라는 물고기의 이야기에서 나오는데 이 곤이라는 물고기가 천년을 살면 붕새가 되어 날아오른다고 전해졌다.

뭐 별다른 건 없고 이 붕새란 놈이 엄청나게 크다는 것 정도로 귀결되었다.

그리고 사신수의 하나인 주작은 사방신의 하나로 용의 머리와 목을 가졌고 등에는 고슴도치처럼 가시가 있으며 사자와 발 같은 네 개의 발과 뱀의 머리가 달려 있는 꼬리를 가졌다고 묘사되었다.

가장 재밌는 것은 봉황인데 봉황은 한 마리의 동물을 지칭하는 게 아니고 봉과 황 두 마리의 영수를 지칭하는 말이라고 했다.

이 중에 봉이 암컷이고 황이 수컷인데 그 모양새는 머리는 수탉을 닮아 벼슬이 있고 등은 거북이의 등껍질 같으며 꼬리는 뱀의 꼬리와 같다고 전해졌다.

"주작이나 봉황이나 같은 모습일 거라고 생각했는데 다르네. 하나는 용머리고 하나는 닭머리, 그리고 가시와 등껍질이라니. 잠깐 지금 뭐라고 했지? 등껍질??"

영수에 대한 이야기를 생각하던 서연은 갑자기 소리쳤다.

바로 봉황의 특징인 등에 달린 등껍질에 관한 것이었다.

그리고 그것을 떠올리자 이내 자리를 박차고 밖으로 나서 어디론가 미친 듯이 달려나갔다.

*　　　*　　　*

서연이 미친 듯이 달려서 도착한 곳은 바로 주작로의 끝에 위치한 별실이었다.

사신 중에 주작의 모습이 조각되어 있다던 그 방이었다.

"역시! 내 생각이 맞았어. 이건 주작이 아니야. 봉황이지. 그나저나 어떡하지? 사부님을 기다릴까? 아니면 내가 혼자 찾아야 할까?"

서연은 방에 도착하자마자 이내 주작의 조각상부터 찾았다.

그리고 그 모습이 자신의 예상처럼 주작의 모습이 아니라 봉황의 모습이라는 것에 확실을 가졌다.

주작이 봉황의 모습으로 조각된 것엔 뭔가 분명이 이유가 있을 거라는 확신이었다.

하지만 당장 그 비밀을 찾기 위해 나서자니 걸리는 게 있었다.

바로 괴의의 부재였다.

사부인 괴의는 지금 이곳에 없었다.

이는 식량을 구하러 밖으로 나갔다가 만난 환자 때문이었다.

그 환자의 병세는 제법 위중했는데 괴의는 그 치료를 위해서 일주일 정도 자리를 비울 예정이었다.

석 달 전이라면 환자를 못 본 척하고 신물을 찾았을지도 모르지만 이미 모든 별실을 둘러본 괴의는 사실상 신물 찾기에 회의적인 입장이었다.

그러니 신물에 관한 것은 서연에게 넘기고 환자의 치료에 나선 것이었다.

"음, 일주일을 기다릴까? 지금 당장 나설까? 훗! 답은 정해져 있잖아. 남자라면 도전해야지."

잠시 고민한 서연은 이내 결심을 다졌다.

처음 시황릉에 도착하고 사고를 친 이후로 의기소침한 적이 꽤 있었지만 이제는 무공에도 어느 정도 자신감이 생긴 서연이었다.

그리고 괴의 못지않게 호기심이 강한 서연이 이런 사실을 알고도 꾹 참고 일주일을 버틴다는 것은 힘든 일이었다.

"좋아! 찾아보자. 이 석실의 비밀을 일단 조각의 모양새야. 분명 봉황의 머리는 닭머리였지. 벼슬 모양을 보아하니 저건 분명 암탉! 그렇다면 이것은 봉(鳳)인가?"

벼슬이 전체적으로 작은 것이 조각의 모양은 암탉과 비슷했다.

그렇다면 이것은 봉황 중에 암컷인 봉이었다.

"그렇다면 찾아야 할 것은 황(凰)이다! 그리고 그것이 있을 곳은 당연히 저곳이지. 이거 너무 쉽게 풀리는걸?"

찾아야 할 것이 황임을 깨달은 서연은 금세 그것이 어디에 있는지 파악했다.

그것은 바로 이 별실의 한쪽 벽면에 자리 잡은 시구의 조각이었다.

지하궁전의 동서남북에 위치한 네 개의 별실에는 조각상 외에 한 면에 각각의 시구가 조각되어 있었다.

그리고 그 시구에 서연은 비밀이 숨겨져 있을 거라 확신했다.

조각상을 세긴 것이 이유가 있다면 이 시구를 새긴 것도 분명 이유가 있을 터였다.

서연은 그렇게 확신을 가지며 시구가 새겨진 벽면을 향했다. 그리고 그곳에서 찾고자 했던 글자를 찾았다.

바로 시구의 중에 적혀 있는 황(鳳)이라는 글자였다.

"역시 있었군. 전생에 추리소설을 탐독했던 보람이 있어. 나는야 명탐정! 그럼 영화처럼 이 글자를 한 번 눌려보면 되려나?"

글씨를 찾은 서연은 흥에 겨운지 이상한 소리를 해대며 봉이라는 글자를 한 손으로 짚고선 눌렀다.

"엥! 이럴 수가? 이게 분명한데?"

확실을 가지고 황이라는 글씨를 누른 서연이지만 그가 기대하는 어떠한 변화는 전혀 나타나지 않았다.

글자는 글자일 뿐이라는 걸 증명하듯 황이라 적힌 글자는 전혀 움직이지 않았고 서연은 그저 누른다고 힘만 빼고 있을 뿐이었다.

"이럴 수가? 할아버지의 명예를 걸고 추리한 내용인데……."

서연은 일이 제 뜻대로 펼쳐지지 않자 그제야 흥분을 감추고 진지하게 생각에 잠기였다.

뭔가 놓친 게 없는지 다시 확인해 보는 것이었다.

한참을 그렇게 생각에 잠기였던 서연은 무슨 생각이 들었는지 가까이 붙어 있던 벽에서 떨어졌다.

그리고 전체적으로 시구를 살피기 시작했다.

"어? 설마 이런 거였나?"

멀찍히 떨어져 시구를 살피자 서연은 뭔가를 발견할 수 있었다.

그리고 다시금 확신을 가지고 벽면으로 다가셨다.

전번과 다른 건 이번엔 한쪽 손만 벽에 대는 것이 아니라 두 손을 모두 이용했다는 점이 다를 뿐이었다.

그랬다!

시구에는 황(凰) 자가 한 개가 아니라 두 개 있었던 것이다.

*   *   *

서연이 누르고자 하는 두 황 자는 상당히 떨어져 있었다.

그래서 서연은 온몸을 벽에 착 붙일 수밖에 없었다.

그렇게 어렵사리 자세를 잡은 서연은 동시에 두 글자 부분을 눌렀다.

그러자 봉자가 적인 글씨 부분이 안으로 쑥 들어가는 느낌이 들더니 뭔가가 손에 잡혔다.

그것은 자그마한 봉 같은 것이었는데 서연은 당연히 그 봉을 손에 쥐었다.

그리고 잠시 서연은 갑자기 느껴지는 통증에 인상을 찌푸렸다.

"앗! 따거! 이건 바늘인가?"

서연은 철봉을 쥐고 있는 양속 손바닥에서 바늘에 찔리는 듯한 통증을 느꼈다.

하지만 그 두 손을 빼지는 않았다.

바늘에 한번 찔린다고 죽는 것도 아니고 왠지 지금 두 손을 빼면 원하는 결과가 나오지 않을 것 같다는 생각이 들어서였다.

그리고 그런 서연의 예감은 맞아떨어졌다.

바늘에 찔리고 얼마가 지나자 벽면에 변화가 생겨난 것이다.

웅!

역시 이곳에서 자주 들었던 기관의 작동 소리였다.

그런 작동음은 시간이 지나자 점점 커졌고 마침내 벽면에 변화가 생겼다.

휘릭!

벽면이 말대로 백팔십도 회전을 한 것이었다.

"으악! 이게 뭐야? 이래서 필요한 게 철봉 손잡이였나?"

서연의 시야는 순식간에 변했다.

좀 전까지 있는 봉황 조각의 방에서 아무것도 보이지 않는 방으로 순간 이동하듯 옮겨진 것이었다.

화락!

시야가 전혀 눈에 들어오지 않자 서연은 품에서 화섭자를 꺼내 불을 붙였다.

이곳에 오기 전 괴의가 챙겨 준 물건이었다.

화섭자에 불이 켜지자 서연은 비로소 방의 내부를 확인할 수 있었다.

그리고 서연은 방의 중앙에 위치한 곳에서 하나의 제단과 그 위에 정좌를 치하고 있는 한 사람의 유체를 발견할 수 있었다.

서연은 그런 유체에 다가서서는 이내 화섭자를 옆에 내려 두고는 그에게 구배를 올렸다.

비록 처음 보는 사람의 유체지만 서연은 그가 조사인 의성임을 알 수 있었던 것이다.

이는 유체의 손에 쥐고 있는 막대기의 끝에는 자그마한 방울의 존재 때문이었다.

일배! 이배! …그리고 구배!

서연의 정성스런 구배가 그렇게 끝날 무렵!

그의 귓가엔 웬 남성의 목소리가 들려왔다.

─어서 오거라. 배달의 후예여.

"헉!"

서연은 갑자기 들려오는 소리에 소스라치게 놀랐다.

─놀라지 말거라. 나의 후예이자 민족의 후예여.

"의… 성(醫聖) 조사이신 겁니까?"

─그렇다. 내가 바로 의성이라 불리던 인물이다. 하지만 그 호칭보다는 양가의 시습이라 불리는 이름으로 불리고 싶구나.

"설마 그 호칭법! 그리고 보니 지금 그 말은 한국말이시지 않습니까? 한국인(韓國人)이셨습니까?"

서연은 또 한 번 놀랐다.

아무 생각 없이 들었지만 지금 의성이라는 자신의 조사와 나누고 있는 말은 다름 아닌 한국어였던 것이다.

─한국인(韓國人)이라? 내가 한민족(韓民族)의 후예임에는 틀림없으나 한국인은 아니다. 나의 조국은 오직 가우리뿐이다.

"가우리!! 설마 조사님께선 안시성의 양만춘 장군님과 관계가 있으십니까?"

─오호! 네가 우리 중조부님을 알더냐? 내 예상이 맞다면 넌 나의 먼 훗날의 후예! 그때까지도 중조부님의 위명이 전해진 모양이구나. 기쁜 일이로고.

"그분을 모르겠습니까? 당태종의 침입을 막아내고 민족의 정기를 지키신 분인데요."

─그래, 고맙구나. 네 너와 중조부님의 이야기를 더하고 싶지만 시간이 없구나.

"시간이라고 하시면?"

─내 비록 지금 너와 이렇게 이야기를 나누고 있지만 난 이미 죽은 몸이다. 다만 이렇게 이야기를 나눌 수 있는 건 조화령 속에 나의 원념을 조금 담아두었기 때문이지.

"아! 원념을 담아낼 수 있다니 조화령이란 저 조사님의 신물이 대단하긴 한가보네요."

서연은 조화령이 가지는 공능에 놀랐다.

죽은 사람의 원념을 담아둔다니 그래서 이렇게 이야기까지 나눌 수 있다니 대단한 물건이 아닐 수 없었다.

─네가 이곳까지 왔다면 너 역시 저 물건의 진정한 정체를 알고 있을 터! 목간의 내용은 읽어봤느냐?

"네! 하온데 그 일기의 내용이 진정 사실입니까? 정녕 무휼이란 대악마가 존재하는 겁니까?"

─네 질문에 답을 하자면 일단은 그렇다. 무휼은 존재한
다. 그리고 그를 추종하는 세력도 존재한다. 그리고 넌 반드
시 그들과의 싸움에서 이겨야 한다.

"제가요? 조사님의 말씀대로라면 저들의 힘은 매우 강할
터인데 이제 갓 무공에 입문한 제가 무슨 힘이 있어 그들과
싸울 수 있겠어요."

서연은 막연히 자신이 그들과 맞서야 한다는 것을 느껴왔
지만 그들을 상대할 자신은 없었다.

─결정하지 말거라! 내 너에게 꼭 필요한 열 사람 분의 힘
을 줄 것이다. 세상에서 너밖에 얻을 수 없는 방법으로 말이
다. 잘 듣거라. 시간이 없어 한 번밖에 설명할 수 없구나. 네
가 그 힘을 얻을 방법은⋯⋯.

자신이 없어하는 서연을 이해한다는 듯이 의성 양시습은
힘을 얻는 방법을 그에게 설명했다.

서연은 그의 말이 이어질수록 고개를 끄덕이며 동조했다.

그가 알려주는 방법이라면 반드시 그에게 필요한 힘을 얻
을 수 있을 터였다.

그러길 일각, 힘을 얻을 수 있는 방법을 모두 설명한 양시
습은 서연에게 마지막으로 당부의 말을 전했다.

─잘 듣거라. 내의 후예여. 내 비록 너에게 힘을 전해주지

만 저들의 추종자는 몰라도 무휼을 막기 힘들 것이다.

"그렇다면 어찌해야 합니까?"

―제일 좋은 방법은 무휼이 다시 세상에 나서기 전에 그의 추종자들을 모두 없애야 한다. 그러나 그게 힘들어 무휼이 세상에 나타난다면 단 한 가지 방법밖에 없구나.

"그것이 무엇입니까?"

―바로 삼신기(三神器)다. 무휼의 힘은 인세를 벗어난 힘이다. 오로지 삼신기의 신력(神力)만이 대적할 수 있을 것이다. 꼭 명심해라. 무휼이 혹시나 세상에 들어났을 때 그와 싸우기보단 삼신기를 우선 얻어야 할 것이다.

"네! 명심하겠습니다. 조사님!"

―이제. 정말 시간이 없구나. 서연이라고 했더냐? 연아. 반⋯ 드시 무⋯ 휼과 그 일⋯ 당들⋯ 을⋯ 막아⋯ 다⋯ 오⋯⋯.

"네 이제는 편히 쉬십시오. 조사님! 정말 자신은 없지만 조사님의 말씀대로 힘을 길러보겠습니다."

서연은 그렇게 이제는 사라진 조사의 원념에게 다짐을 했다.

그리고 이제는 원념마저 사라진 조사의 유체에 두 번 큰절을 올렸다.

"앞으로 백 일이다! 백 일 동안 조사님이 명한 대로 이곳에서 힘을 길러야 한다. 다 괜찮은데 사부님이 걱정이다. 내가 모습을 보이지 않으면 걱정을 하실 텐데."

서연은 그렇게 사부인 괴의에 대한 걱정을 하며 의성이 명한 대로 힘을 키우기 위한 수련을 시작했다.

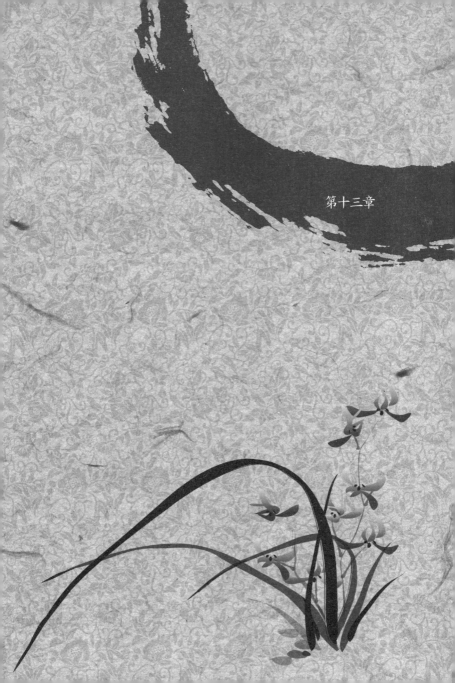

第十三章

백 일 후!

　웅!

　아무도 없는 주작 별실의 한쪽 벽면이 예의 진동음이 울려 퍼졌다.

　그러길 잠시!

　휘릭!

　벽면은 갑작스런 회전과 함께 한 인물을 밖으로 토해냈다.

　"으악! 이놈의 벽!! 아! 따가워라. 내 손바닥! 피가 묻지 않으면 작동을 하지 않는 기관 장치라니 이게 말이 되는 거냐?"

물론 그 인물은 서연이었다.

서연은 손바닥이 따가운지 바늘에 찔린 자리를 비벼대기 시작했다.

지난 백 일 동안의 수련으로 바늘이 찌르는 것 정도야 기를 이용해서 막을 수 있는 서연이었다.

하지만 그는 그러지 못하고 바늘에 자신의 피를 헌납해야 했다.

그 이유인즉슨 서연이 말한 대로 기관이 피에 의해서만 작동하기 때문이었다.

그것도 그냥 피가 아니라 배달의 후예들의 피에만 반응하는 그런 기관이었다.

"잠깐! 전생이야 나도 한국인지만 이생에선 아닌데. 아, 설마! 우리 아버지. 한인(韓人)인 거야? 잠시만 어릴 적 고아가 되셨고 그때 계셨던 곳이 중원의 동부 쪽 해안이셨다고 하니, 할아버지와 할머니가 고려의 유민이셨던 건가? 그러고 보니 엄마도 고아셨잖아. 정말 우연의 일치네. 중원에서 고아가 된 두 명의 한인(韓人)이 결혼해서 낳은 게 나라니."

서연의 피가 이 기관에 통한다는 것은 이 육체에도 한민족(韓民族)의 피가 흐르고 있다는 증거였다.

그러면 서연의 부노민 세준과 수향 역시 한민족(韓民族)일 수밖에 없었다.

부모님 중에 한 분이라도 다른 민족이라면 저 기관 장치는 작동하지 않을 터였다.

그런 생각이 들자 서연은 참으로 신기했다.

중원 땅에서 고아가 된 두 분이 어떻게 만나 결혼은 했는데 그 사람이 둘 다 같은 민족이라니.

정말 우연의 일치가 아닌가?

"나중에 부모님께 말씀드려야겠네. 적어도 뿌리가 어디에 있다는 것 정도는 아시면 좋잖아. 두 분 다 중화사상에 빠져 오랑캐를 운운하는 분도 아니니. 아! 그건 그거고 사부님부터 찾아야지."

그놈의 바늘 때문에 자신의 정체성까지 확인한 서연은 이내 사부인 괴의가 떠올랐다.

하루 이틀도 아니고 백 일이었다.

갑자기 사라진 자신 때문에 그가 얼마나 놀랐을까 하면 죄송스런 마음뿐이었다.

평소 서로 티격하고 타두는 사제지간이지만 서연은 그가 자신을 많이 아끼는 것을 알고 있었다.

힘든 수련을 하고 근육통으로 끙끙 앓아서 잠을 청할 때!

매일 밤 몰래 다가와서 정성스레 팔과 다리를 주물러 주시던 분이었다.

　비록 자신에게 말 못할 비밀이 있어 그동안 거리감을 좁히지 못했지만 지금의 서연이라면 괴의와의 관계를 더 잘 풀어나갈 자신이 있었다.

　지난 백 일간 서연은 뭔가 달라져도 달라졌다고 스스로도 생각하고 있었다.

　"사부님!"

　그런 괴의가 떠오르자 서연은 급히 그를 부르며 이곳에서 그와 지내선 숙소!

　즉, 처음 그가 자신을 치료하던 자그마한 별실로 신형을 날렸다.

　그렇게 달려나가는 서연의 신형은 백 일 전과 완전히 다르게 눈에 보이지 않을 만큼 재빨랐다.

*　　　*　　　*

　"사부님!"

　서연의 신형은 총알 같은 속도로 예의 별실에 들어섰다.

　하지만 그곳에 괴의의 흔적은 보이지 않았다.

　"역시 안 계신가? 어? 저건?"

괴의의 모습이 보이지 않자 실망스런 표정을 보이던 서연은 이내 무언가를 발견했다.

그것은 서찰이었다.

괴의가 그에게 남긴 것 같았다.

서연은 그런 생각이 들자 얼른 서찰을 펼치고 내용을 읽어나갔다.

연이 보거라!

네가 갑자기 종적을 감춘 지도 어느새 두 달이 흘렸구나.

지난 두 달 동안 동분서주하며 네 녀석을 찾아다녔다.

네가 만약 이곳에서 잘못되었다면 그 흔적이라도 남을 텐데 그런 흔적조차 없는 모습에 난 오히려 안심이 되는구나.

무소식이 희소식이라는 옛말처럼 난 믿는다.

그 말처럼 네가 무사히 건강한 모습으로 돌아오는 모습을 말이다.

그렇게 믿어도 되겠지?

이렇게 믿음을 가지면서도 한편으로는 늙은이의 노파심에 또 걱정이 되는구나.

네가 이렇게 사라지고 나니 참 많은 것을 깨닫는구나.

내 비록 네가 뭔가를 계속해서 숨기려는 모습에 실망한 게 적지 않지만 그래도 말이다.

난 네가 제자라서 참 좋았구나.

단순히 장일이 놈의 손주라서가 아니라. 마치 내 친 손주처럼 네 녀석이 느껴졌었다.

　네게 실망을 한 것도 그러한 까닭이었고, 그것을 깨달으니 네게 더 잘해주지 못한 게 안타깝구나.

　그러니 제발 무탈하게 돌아와다오.

　내맘은 계속해서 이곳에서 너를 찾고 기다리고 싶지만 현실은 그렇지 못하구나.

　너도 알다시피 중추절에 다시 구류대성회가 열린다.

　앞서 설명한 대로 이번 대성회에서 강경파와 온건파의 의견이 갈릴 테고 어쩌면 그게 큰 화를 부를지도 모르겠구나.

　사부로선 네 녀석을 기다리는 게 옳다고 여겨지지만 한 문을 맡고 있는 나로서는 그곳에 안 가볼 수가 없구나.

　혹시나 네 녀석이 이 서찰을 본다면 중추절에 맞춰서 향주의 서호로 와다오.

　조사의 신물이야 어쨌든 좋으니 제발 네가 무사했으면 싶구나.

　　　　　　사부보다 네 녀석의 할애비가 되고픈 우문산이……

　추신, 일단 네 녀석의 실종을 장가장엔 알리지 않았다.

　혹시나 네가 돌아온다면 괜한 걱정을 줄 수도 있음이너.

　하지만 이번 중추절의 대성회에도 오지 못한다면 알릴 수밖에 없구나.

그러니 네 녀석 부모에게 걱정을 시키지 않으려면 제발 무사히 돌아오거라.

"하! 사부님! 아니, 괴의 할아버지!"

편지에서는 그의 맘이 느껴졌다. 그리고 그것은 서연이 괴의에게 느끼는 맘과 같았다.

서로가 같은 맘이면서 이상하게도 맘의 문을 열지 못한 두 사람이었다.

어쩌면 둘 다 비슷한 성격일지도 모른다는 생각이 들었다.

이 세상에서 다시 태어나고 서연이 진심으로 믿는 사람은 오로지 수향과 세준밖에 없었다.

그나마 믿는 사람을 든다면 장가장의 아이들 정도일까?

그 외에 서연이 맘의 문을 연 사람은 없었다.

이방인!

자신은 영원히 이 세상에 이방이라고 여긴 탓이었다.

하지만 서연은 오늘 자신의 사람이 한 사람 더 생긴 느낌이었다.

괴의라면 자신이 맘을 열 수 있을 것 같았다.

사부가 아니라 할아버지가 되어주셨으면 좋겠다.

그런 맘이 문득 들었다.

그리고 다시 만난다면 한번쯤 이런 이야기를 긴 밤 지내면서 같이 해보리라 생각을 했다.

*   *   *

섬서성과 하북성을 잇는 관도!

그 관도를 따라 서연은 길을 걷고 있었다.

어느 샌가 봄이 찾아온 듯 관도의 주변은 겨울의 황량함을 이겨낸 푸르름이 물결치고 있었다.

시황릉안에서 근 여섯 달의 세월을 보낸 서연은 그런 모습을 보자 자신이 어느새 한 살을 더 먹었구나 하는 생각이 들었다.

이제 열여섯 세!

참으로 어리다면 어리다고 할 만한 나이지만 이 시대엔 이미 성인 취급 받는 나이가 되어버렸다.

그렇게 한참을 녹음에 취해 걸어가던 서연의 발걸음은 조금 느긋했다.

처음 시황릉에서 나올 때만 해도 서연의 맘은 급하기 그지없었다.

시황릉에서 날짜 계산 없이 시간을 보낸 덕분에 지금이 언제인지 알지 못했던 것이다.

의성은 수련에 백 일이 걸린다고 했지만 그게 정확한 것은 아니었다.

하지만 황릉에서 벗어나 류촌에서 현재 날짜를 듣자 조금 느긋해졌다.

아직 삼 월 말이었다.

중추절까지는 아직 네 달 이상 남았으니 중원의 성. 세 개를 건너야 할 만한 거리지만 시간은 충분했던 것이다.

그런 시간적 여유에 처음엔 사천의 장가장에 들릴까도 생각이 들었지만 서연은 그만두었다.

장가장에서 나올 때 부모님께 드렸던 약속은 삼 년이었다.

적어도 삼 년 동안은 괴의의 밑에서 수련을 제대로 받겠다고 약속을 했던 것이었다.

불과 이제 열 달!

물론 부모님을 보고픈 맘은 굴뚝같지만 왠지 그들을 현실에 안주할 것 같은 기분이 들었다.

더군다나 자신에겐 의성에게 받은 사명이 있지 않은가?

이 중원 어디에선가 숨어 있을 무휼의 추종자들을 생각하면 한시도 그런 느긋함에 빠져선 안 된다는 생각이 들었다.

그래서 들어선 길이 바로 이 관도였다.

섬서성에서 절강성으로 가는 길은 두 가지였다.

하나는 하북성과 안휘성을 통과해서 가는 길!

또 다른 하나는 호북성과 안휘성을 통과해서 가는 길이었다.

두 길 다 서연의 맘을 이끄는 길이었다.

첫 번째 길은 가는 도중에 섬서의 명물인 화산에 들릴 수 있다는 장점이었다.

섬서성에 있으면서 천하의 명산이라는 화산을 한 번 안 들려볼 수는 없지 않은가?

그리고 하남성은 어떤가?

무림하면 떠오르는 절대적인 성지! 태산북두 소림이 있었다.

하지만 두 번째 길도 만만치 않았다.

호북성을 통할 경우 화산과 비견될 만한 무당산이 있었다.

그리고 서연의 호기심을 그토록 자아내던 진법의 세가인 제갈세가도 있었다.

어느 한곳 끌리지 않는 곳이 없지만 결국 서연이 택한 것은 화산이었다.

이유는 단순했다.

화산이 여산에서 가깝기 때문이었다.

이왕 세상을 주유하고 다 가볼 곳이라면 먼저 볼 수 있는 곳부터 들리는 게 좋지 않은가?

"응? 저 사람들은?"

이런 저런 생각을 하며 관도를 걷던 서연의 눈에 한 무리의 사람이 들어왔다.

한 스무 명 정도의 인물이 수레와 마차를 이끌고 있었다.

그런데 무슨 일이라도 그 일행의 우두머리는 일행을 관도의 옆길로 이끌었다.

서연은 갑작스런 그들의 행동에 호기심이 일었다.

그래서 발걸음을 힘을 주고 가까이 따라붙었다.

한데 놀랍게도 그들 모두 낯이 익은 사람들이었다.

그리고 그들 중에서도 가장 기억에 깊이 남았던 한 인물이 보이자 급히 그를 불렀다.

"우 표두님!!"

"아니? 서연 공자님이 아니십니까?"

그들은 바로 예전 서연을 서안까지 안내했던 사천표국의 사람들과 우칠이었다.

"네, 오랜만이네요. 그간 잘 지내셨습니까?"

"그러는 공자님이야말로 어떻게 지내셨습니까? 괴의님의

제자가 되셨다면서요?"

"네, 덕분에 일이 잘 풀렸습니다."

"잘되었습니다. 그때 같이 여산까지 못 가드려서 맘이 불편했는데 그래도 표양이 그놈이 소식을 전해서 다행이라고 생각을 했었습니다."

"아, 표양 아저씨와는 연락이 닿으시나요?"

"아닙니다. 그곳에 좀 먼 곳입니까?"

"그렇군요. 아쉽네요. 표양 아저씨가 어찌 지내시는지 궁금했는데 나타샤 누나랑 강이 형도요."

서연은 우칠을 통해서 정이 들었던 표양의 소식을 들을 수 있을까 했지만 그렇지 못해서 안타까웠다.

그러고 보니 나타샤랑 위지강에 대한 기억도 사뭇 떠올랐다.

장가촌에서 설익은 의원 짓을 한 것 말고 세상에 나와 처음으로 제대로 의술을 행한 것이 나타샤였기에 서연은 그런 그녀가 평생 잊혀지지 않을 거 같았다.

"그래도 그 녀석이라면 잘 지내겠지요. 원체 밝은 녀석이 아닙니까?"

"네! 저도 그렇게 생각합니다. 근데 무슨 일이세요? 낮 시간에 왜 표행을 멈추신 건지?"

"아! 그게 급한 환자가 생겨서 표사들에게 주변에서 의원을 찾으라면 명령을··· 아! 필요한 것은 옆에 두고도 모른다더니 딱 그 짝이군요. 공자님이 바로 의원 아니십니까?"

"네! 그렇지요. 근데 환자라니 대체 어떤 환자입니까?"

"아! 여기서 말씀드리는 것보단 직접 보시는 게 좋을 겁니다. 같이 가시지요."

우칠은 정말 급한 듯 설명을 뒤로하고 서연을 이끌고 갔다.

그리고 서연은 우칠이 말한 환자를 볼 수 있었다.

*   *   *

"음, 어떠십니까?"

"일단 급한 불은 껐습니다. 하지만 그리 좋지만은 않습니다. 이 아가씨 이렇게 마차를 탄다고 해도 여행을 해야 할 분이 아닙니다. 지병이 있어요."

우칠의 말에 서연이 약간 화가 난 듯이 말을 건넸다.

우칠이 서연에게 보여준 환자는 서연 자신 또래의 한 소녀였다.

처음 볼 때부터 안색이 파리한 것이 병색이 만연했는데 진맥을 해보자 서연은 놀랄 수밖에 없었다.

그녀의 병이 보통 심각한 것이 아니었기 때문이었다.

그리고 그 병은 지금 여행 때문에 생긴 것은 아니었다.

아마 오래전부터 지병으로 앓아왔을 터였다.

그런데도 무리하게 이런 환자를 여행시키는 것이 영 맘에 들지 않은 것이었다.

"아가씨께서 지병이 있으신 건 잘 알고 있었습니다. 하지만 아가씨께서 너무 강경히 도움을 청하셔서 어쩔 수가 없었습니다. 그만한 사정도 있었고요."

"아! 죄송합니다. 우 표두님을 다그치려는 의도는 아니었습니다. 하지만 이 아가씨의 병이 제가 생각하는 것이 맞다면 그것은 너무 중한 병입니다."

"알고 있습니다. 아가씨가 치료 불가능한 병에 걸리셨다는걸요. 그리고 아가씨께서도 병에 대해서 알고 계십니다."

"그런데도 말리지 않으셨습니까?"

"공자님 때로는 자신의 목숨보다 소중한 것이 있게 마련입니다. 아가씨께서는 이왕 잃을 목숨이라면 살아 있는 동안 그 소중한 것을 지키기 위해서 뭔가를 하고 싶다고 하셨죠. 그게 바로 이번 여행입니다."

우칠의 말을 들어 보아하니 우칠이나 저 소녀나 둘 다 자신의 병에 대해서 알고 있는 모양이었다. 다만 서연은 목숨을 버려가면서까지 이런 여행을 해야 하는 이유에 대해선 궁금할 수밖에 없었다.

"대체 목숨보다 소중한 가치란 게 무엇입니까? 그리고 대체 저 아가씨는 누구십니까? 보아하니 잘 알고 계시는 분 같은데."

"네 제가 아주 존경하는 분의 손녀따님입니다. 아가씨께서 매우 어렸을 때부터 봐왔지요. 건강하신 모습부터 몇 년 전 갑자기 괴질에 걸리신 일까지 다 봐왔지요."

"괴질이라. 그럼 아가씨의 병명을 모르시는 겁니까?"

괴질이라는 것은 일반적으로 병명을 모르는 난치병에 붙이는 말이었다.

우칠이 이런 괴질이라는 말을 하는 것을 보니 이들은 저 아가씨가 걸린 병에 대해서 전혀 알지 못하는 듯 같이 보였다.

"네, 모릅니다. 아가씨께서 병에 걸리시고 아가씨의 할아버님께선 천하의 의원이란 의원은 다 찾아다니셨습니다. 그중엔 신의 천수만 의원님도 계셨지요."

"신의님도 저 병에 대해서 모르셨던 겁니까?"

"아닙니다. 병에 대해선 알고 계셨습니다. 아가씨와 같은 환자분을 몇 명 받아보셨고 그 병에 효과가 있는 약재도 알고 계셨습니다. 하지만 그 발병 원인에 대해선 모르시기에 완치가 어렵다고 하셨습니다. 다만 자신이 할 수 있는 것은 약재를 이용해서 병의 진행을 늦출 뿐이라고 하셨지요."

"그랬군요. 하지만 괴질이란 말은 틀린 말입니다. 제가 저 병에 대해서 잘 알고 있으니까요. 그리고 그 발병 원인에 대해서도요."

"정말이십니까? 아가씨의 병명을 알고 계십니까?"

우칠은 서연의 말에 대경했다.

신의 천수만도 알지 못하는 병을 아직 어린 그가 알고 있다는 게 믿을 수가 없었다.

"그렇습니다. 하지만 아직 그 병이 맞는지 확실치 않으니 몇 가지 물어볼 게 있습니다."

"네, 말씀하십시오. 제가 아는 것은 뭐든지 알려 드리겠습니다."

"그럼 제가 말하는 증상을 아가씨께서 보였는지 말씀해 주시면 됩니다. 아가씨께서는 평소 두통이 많으시고 자주 코피를 흘리지 않으십니까?"

"네, 맞습니다."

"그리고 자주 현기증을 느끼고 구토를 하시며 식사를 잘 못하지 않으십니까?"

"네, 그것도 맞습니다."

"그렇군요. 그리고 어릴 시절부터 고뿔에 자주 걸리시지는 않으셨습니까? 그리고 한번 걸리면 다른 이들에 비해서 쉬이 낫지도 않고요."

"네, 그것도 맞습니다."

우칠은 서연이 말하는 증상이 하나같이 아가씨의 증상과 일치하자 놀랐다.

하지만 우칠이 놀라든 말든 서연의 질문은 그대로 이어졌다.

"마지막입니다. 아가씨께서는 피부에 자반이 자주 생기지 시 않습니까? 혈뇨증상도 있으시구요. 그리고 나이가 드실수록 관절에 무리가 와서 자주 그 부분이 아프셨을 겁니다. 그렇지 않습니까?"

"피부에 자반과 혈뇨라니요. 그런 것은 제가 어찌 알겠습니까? 그것에 대해선 모르겠습니다. 관절에 대해서도요."

"아! 여자 분이시니 모르시는 게 당연하겠군요. 죄송합니다. 하지만 마지막 증상들이 젤 중요한 것인데 그것에 대해 모르시는군요."

서연은 우칠이 마지막 증상들에게 대해선 알지 못하자 아쉬웠다.

자신의 생각하는 병명이 맞다면 이런 증상이 꼭 일어났을 텐데 그걸 알지 못하게 되었기 때문이었다.

하지만 그것에 대한 대답은 우칠이 아니라 다른 이에게서 들려왔다.

"맞습니다. 피부에 자반이 있고 뇨에서 피가 흘러나오기도 했습니다. 그리고 아직 어린 나이지만 나이가 조금씩 들수록 관절에도 무리가 왔습니다."

"아니? 아가씨! 언제 깨어나신 겁니까?"

서연에게 대답을 한 이는 바로 누워 있던 아가씨였다.

"그렇군요. 그렇다면 제가 생각하는 병명이 맞을 겁니다. 혹시 병명이 궁금하셨던 겁니까?"

서연은 환자인 소녀가 답을 해오자 그렇게 물어보았다.

그가 한 질문들이란 게 소녀가 남정네에게 답하긴 어려운 질문들이었다.

그런데도 이렇게 쉽게 대답하는 것이 병에 대한 궁금증 때문이라고 여긴 것이었다.

"병명이 궁금한 것은 사실입니다만 제가 공자님께 묻고 싶은 건 그게 아닙니다."

"병명이 궁금하게 아니라면 뭐가 궁금하십니까?"

"제가 궁금한 것은 병명이 아니라 치료 가능성입니다. 공자님께서는 저의 병을 치료하실 수 있으십니까?"

소녀는 서연의 질문에 전혀 흔들림 없는 표정으로 또렷이 물어왔다.

서연은 그런 소녀의 질문에 바로 답을 못했다.

치료법이 확실치 않은 것도 있지만 그보다 앞서 마냥 나약하게만 보이던 소녀의 뜻밖의 모습에 조금 놀란 탓이었다.

第十四章

서연과 소녀는 관도가 아닌 사천표국의 마차 안에서 단 둘이 마주하고 있었다.

　남녀칠세부동석인 이 시대에 이런 건 예의가 아닐 수도 있지만 둘의 이런 독대는 상호 간에 원하는 바가 컸다.

　서연이 이런 독대를 원한 건 앞서 말한 소녀의 질문에 대한 답을 주기 위해서였다.

　그리고 그 답을 해주려면 몇 가지 이유로 독대가 필요했기에 원한 것이었다.

　그런 서연의 독대 요청을 소녀는 흔쾌히 받아들였다.

그녀도 서연과 독대를 나누고픈 이유가 있어 보였다.

"인사드리겠습니다. 소녀는 구운영이라고 합니다. 현재 중상련이란 곳에 소속되어 있습니다."

"반갑습니다. 저는 문서연이라고 합니다. 이름 말고는 별달리 소개할 것이 없네요."

"사천소거인이란 명성이 결코 낮지 않은데 어찌 그런 말씀을 하십니까? 그리고 공자께선 괴의님의 하나뿐인 제자가 아니십니까?"

"저에 대해서 알고 계셨습니까? 혹시 우 표두님께서 알려주신 건가요?"

서연은 운영이 자신에 대해 잘 알고 있는 것 같아 놀랐다.

하지만 이내 그녀의 주변에 우칠이 있다는 것을 생각해내자 이해가 갔다.

우칠이라면 자신에 대해 잘 알고 있을 테니 언질을 받은 게 아닐까 생각한 것이다.

"우 표두님께 공자님에 대해 들은 바는 없습니다. 제가 아는 것은 공자님에게 큰 관심이 있어 홀로 조사했기 때문입니다."

"저에게 관심이라구요?"

서연은 갑작스런 운영의 고백에 짐짓 놀라 얼굴을 붉혔다.

그도 그럴 것이 이 생애에서 여인네의 관심을 받는 것이 처음이었기 때문이었다.

물론 백지소녀 미현이 있지만 녀석은 여인이라기보단 가족에 가까웠다.

그러는 한편 이 구운영이라는 소녀에 대해 궁금증이 생겼다.

이 시대에 이렇게 직설적으로 관심을 표명하는 여인이 있다는 것이 놀라웠던 것이다.

그러나 이런 서연의 야릇한 망상은 다음 운영 말에서 바로 사그라졌다.

"오해를 하신 거 같은데 제가 공자님께 관심이 있다는 것은 여인으로서의 관심이 아닙니다. 상련 소속의 상인으로서의 관심입니다."

"아! 하하! 그 관심이 아니… 였… 군요. 하하하! 그런데 상인으로서의 관심이라니 무슨 의미입니까? 혹시 약재도 취급하십니까? 그거 말고는 제게 상인과 관련된 부분은 없을 텐데요"

괴의의 제자란 신분이 있으니 약재를 취급한다면 자신에게 관심도 가질 만하다 여겼다.

하지만 운영의 대답은 또다시 서연의 예상과 달랐다.

"아닙니다. 저는 약재를 취급하지 않습니다."

"그렇다면 제가 그거 말고 무슨 장점이 있다고 관심을 가지시는 겁니까?"

"하아! 처음 인사 때부터 느꼈지만 공자님께서는 스스로의 가치에 대해서 잘 파악하지 못하고 계신 듯합니다."

"좀 무슨 말입니까?"

"말 그대롭니다. 중원의 큰 상단에서는 현재 저처럼 모두 공자님을 주목하고 있습니다."

"운영 아가씨뿐만 아니라 모든 상단에서요?"

"그렇습니다."

서연은 운영의 말을 도통 이해할 수가 없었다.

요 몇 년간 그가 한 일이라곤 장가장에서 뒹굴거리다가 괴의의 제자가 된 것뿐이었다.

자신이 한일이 뭐가 있다고 상단에서 관심을 가진단 것인지 알 수가 없었다.

"전 이해할 수가 없네요. 좀 알아듣게 설명을 해주시겠습니까?"

"정말 모르시는군요. 좋습니다. 공자님께서 이렇게 저희 상인들에게 관심을 받는 이유는 바로 만가철방 때문입니다."

"만가철방이라면 당가타의 만 할아버지의 철방 말입니까? 할아버지랑 제가 친분이 있습니다만 그게 상인들의 관심을 받을 이유가 되나요?"

"당연히 됩니다. 최근 만가철방에선 기존 제품과는 차원이 다르게 좋은 품질의 제품들이 쏟아지고 있습니다. 그 대표적인 것이 용수철이란 새로운 도구를 이용한 제품들입니다."

그제야 서연은 운영이 말하는 바를 알 것 같았다.

서연이 예약한 물건을 만드는 동안 만 노야와 자신은 수많은 이야기를 나눴었다.

그리고 만 노야는 서연이 황릉에 있을 동안 그 이야기 속의 물품들은 실제로 만들어 낸 모양이었다.

"아! 무슨 말인지 알겠습니다. 한데 용수철이 무슨 문제입니까? 상단에서 만들고자 한다면 어려운 게 아닐 텐데요."

"공자께서는 지금 저를 속이고자 하시는 겁니까? 용수철의 모양이야 금방 모방이 가능하겠지요. 하지만 그 성능은 어떻습니까? 공자께서 만 노야께 제대로 된 용수철을 만드는 비법을 가르쳐 주신 것을 다 알고 있습니다."

'아, 맞다! 그랬지.'

운영의 말에 그제야 서연은 만 노야와 나누었던 이야기를 떠올렸다.

용수철이 보기엔 만들기 쉬워 보여도 그리 쉽게 만들어지는 물건이 아니었다.

　과학기술이 발전한 전생에서야 동일한 탄성의 철을 줄줄이 뽑아낼 수 있으니 쉽게 만들겠지만 지금 이 시대에 그런 철을 뽑아낼 기술이 없는 것이다.

　철을 길게 뽑아 말아서 용수철을 만든다고 각각 부분의 탄성이 다르기에 그 성능이 떨어지는 것이었다.

　만 노야 역시 그 부분을 고심했다.

　서연은 전생의 기억을 각인해 그의 고심을 해결해 준 적이 있었다.

　"아! 까먹고 있었던 것이지 속인 것은 아닙니다. 그러나 사과는 드리지요. 근데 그런 문제는 철방의 할아버지께 가서 이야기를 하면 되지 않습니까? 왜 저를 찾으시는 거죠? 용수철을 만드는 것은 할아버지신데."

　"저희가 원하는 것은 용수철이 아니라. 용수철을 만드는 방법! 즉, 지식입니다. 그리고 공자께서는 어려서부터 천재라고 불리신 분! 분명 용수철 말고도 다른 기발한 제품들의 구상이 있으실 겁니다. 저희 상련은 공자님의 그런 지식을 원합니다. 물론 그에 걸맞은 대가를 제공할 생각입니다."

　서연은 운영을 말을 듣고 있다가 이상함을 느꼈다.

　분명 이 자리는 그와 그녀가 인사를 나누고 병에 대한 이야기를 하기 위해서 만든 자리일 텐데 어느새 이런 이야기가 나

온단 말인가?

"저기 구 소저?"

"네, 말씀하십시오."

"그러니까 지금 구 소저의 말은 저랑 거래를 하고 싶다 이 말입니까? 그것 때문에 독대를 원하신 거구요?"

"네, 그렇습니다."

"아니, 지금 거래가 중요합니까? 소저의 병부터 걱정을 해야지요!"

"저에겐 거래가 중요합니다. 앞서 말씀드린 대로 전 상련 소속의 상인입니다. 상인이란 철저한 이(利)에 따라 움직이는 자! 공자님께선 이상하게 여기실지 모르겠지만 저에겐 이것이 당연한 일입니다."

서연은 그런 운영의 말에 어의가 없어졌다.

그리고 이 소녀의 정신세계를 한번 살펴봐야 하는 건 아닐까하는 생각이 들었다.

"하아! 그럼 구 소저의 말은 거래에 대한 이야기가 마무리되지 않는 한 소저의 병에 대한 이야기는 뒷전일 뿐이다, 이 말입니까?"

"네! 그렇습니다."

"그럼 저는 병에 관한 이야기를 하기 위해서 거래에 대한 이야기를 끝내야겠군요. 소저의 거래 요청은 거절합니다. 저는 제가 가진 지식을 더 이상 거래할 생각은 전혀 없습니다. 그럼 이제 병에 대한 이야기를 나눠도 되겠습니까?"

"역시 그런 결정을 내리셨습니까? 하지만 공자님이 지니신 지식은 반드시 세상에 도움이 될 겁니다. 그걸 알아주십시오. 그리고 혹시 생각이 바뀐다면 저희 상련을 우선으로 찾아주실 수 있겠습니까?"

"하아! 대단하시네요. 소저의 말에 따르겠습니다. 맘이 바뀐다면 말이죠. 이제 병에 대한 이야기를 나눠도 되겠습니까?"

"네, 좋습니다."

서연은 이렇게 거래에 대한 이야기를 끝마치고 병에 대한 이야기를 시작할 수 있게 되었다.

하지만 그런 서연의 바람은 이루어지지 않았다.

장시간 이야기를 한 탓인지 운영의 상태가 다시 나빠져 치료를 하기에도 바빴기 때문이었다.

*   *   *

그날 밤!

서연과 우칠의 사천표국 일행은 여전히 관도의 공터에 모여 있었다.

구운영의 상태가 다시 나빠졌기 때문이었다.

그런 구운영이 누워 있는 마차 앞에는 모닥불을 피워두고 누군가를 기다리고 있는 장년인이 있었다.

그는 바로 사천표국 일행의 책임자인 표두 우칠이었다.

우칠은 기다리는 이가 마차 안에 있는지 모닥불을 피우면서도 연신 마차 쪽으로 눈길을 돌리기 일쑤였다.

그런 그의 맘에 답이라도 하듯 이내 마차의 문이 열리고 누군가가 나왔다.

"공자님! 아가씨께선 어떠십니까?"

"고비는 넘겼습니다. 하지만 이대로 관도에 있는 것도 좋지는 않습니다."

"그렇습니까? 아무래도 저는 이런 귀인의 호송에는 맞지 않나 봅니다. 저번에는 공자님께서 쓰러지더니. 이번엔 아가씨께서 이러시니."

"아! 그러고 보니 그때도 이렇게 마차 문 앞에 있으셨죠. 그때는 참 죄송했습니다."

표양의 모습을 보니 서연은 예전에 기억이 떠올라 사과를 했다.

그때를 생각하면 우칠에게 미안할 따름이었다.

"아닙니다. 무사히 별 탈 없이 끝났던 표행입니다. 공자님께서 그리 미안해하실 필요는 없습니다."

"그럼 다행이구요. 그런데 질문 하나 드려도 될까요?"

"네, 말씀하십시오."

"혹시 표두님께서 존경한다는 분이 상왕 어르신입니까?"

"그걸 어찌 아셨습니까? 아가씨께선 그분에 대해 이야기를 하실 분이 아니신데."

"뭐가 어려운 답이라구요. 중상련에 소속에 구씨 성을 가지고 표두님에 아가씨란 호칭을 받는 분입니다. 그럼 젤 먼저 떠오르는 게 상왕 구홍 어르신이 아니겠습니까?"

"그렇게 말씀하시니 당연하게 느껴집니다."

우칠은 서연의 말을 들으니 절로 납득이 갔다.

"역시 그분의 손녀였군요. 근데 구 소저 말입니다. 원래 저런 성격이십니까?"

"성격이라고 하심은?"

"저 딱딱한 말투와 이해 못할 그놈의 상인 정신 말입니다. 겉보기는 나약한 미소녀인데 성격은 딴판이지 않습니까?"

서연은 그 말처럼 운영이 전말 이해가 안 갔다.

자신의 목숨보다 거래를 우선시하는 상인 정신도 이해가 가지 않았지만 그놈의 말투 또한 이상하게 맘에 들지 않았다.

전혀 여성스럽지 않고 딱딱 끊어지는 말투!

거의 모든 말이 '다'와 '까' 끝나는 것이 마치 기계 같았다.

'잠깐 '다', '까' … 아! 그랬군. 이거 완전 군대 말투잖아. 그나마 '말입니다'가 없는 게 다행인가?

서연은 그제야 그녀의 말투가 왜 맘에 들지 않았는지 알 수 있었다.

망할 놈의 군대는 후생에 와서도 싫은 서연이었다.

"저기, 공자님!"

"아! 네! 왜 그러세요?"

"아, 갑자기 무슨 깊은 생각에 빠지신 듯해서."

"아닙니다. 그나저나 구 소저의 성격 말입니다. 어릴 때도 저랬습니까?"

"그건 아닙니다. 어릴 땐 그렇지 않았습니다. 다만 저렇게 되신 건 그 사건 이후지요."

"사건이라고 하심은?"

"예전 중상련에서 큰 상행을 계획한 적이 있었지요. 그리고 그 상행의 책임자가 바로 아가씨의 부모님이셨습니다."

"구 소저의 어머님도 상인이셨나요?"

서연은 부모님들이라는 말에서 구운영의 어머니도 상인이었음을 알 수 있었다.

그리고 어쩌면 그런 어머니 때문에 구운영이 저렇게 상인이라는 역할에 몰입하는 건 아닌가 하는 생각이 들었다.

"네! 하지만 아가씨와는 전혀 다른 분이셨습니다. 언제나

정이 넘치고 주변을 항시 밝게 만드시는·분이셨죠. 그럼에도 불구하고 거래를 할 때만은 엄청난 강단을 보이셨죠. 말 그대로 여장부셨습니다."

"그런 분이셨군요. 그럼 사건이라고 하심은 그 상행과 관련이 되어 있나요?"

"네! 그렇습니다. 큰 상행이니만큼 많은 준비를 하고 시작한 상행이었습니다. 하지만 상련에서 출발한 후 상행에서 돌아온 사람은 한 분도 없었습니다. 전원 전멸! 당시에는 자주 언급되던 큰 사건이었죠."

"그럼 구 소저의 부모님이 어떻게 되셨는지는 아무도 모르는 겁니까?"

"이런 저런 설들은 많았습니다만 다 소문일 뿐이었죠. 화적 떼에 당했느니, 탐욕적인 관리에게 당했을 거라는 등! 별의별 소문이 있었습니다만 정확한 것은 하나도 없었죠."

"그렇게 부모님을 잃고 나서 구 소저가 저런 성격이 된 것이군요."

"네. 두 분이 그렇게 돌아가시자 어르신께 남은 후사라곤 아가씨가 전부였습니다. 어르신께선 아가씨가 상인이 되는 것을 반대하셨습니다만 아가씨께선 그렇지 않았나 봅니다. 책임감 때문인지 상인이 되기 위해서 큰 노력을 하셨지요."

서연은 어찌해서 구운영이 저런 성격이 되었을지 대충 이해가 갔다.

　정신적인 충격을 크게 받은 사람들 중에선 충격 받은 모습을 남들에게 보이기 싫어서 감추려는 사람도 있었다.

　그런 사람이 흔히 하는 것이 역할놀이란 것이다.

　역할놀이란 말 그대로 원하는 이상의 모습을 정해놓고 계속해서 자신이 그런 사람이라고 연기를 하는 것을 말했다.

　자신의 본모습은 계속 속에 숨겨두고 겉으로 보이는 역할에만 충실히 연기하는 사람!

　그것도 작지만 정신병의 일종이라고 볼 수 있었다.

　"그렇군요. 아가씨에 대해선 대충 알겠습니다."

　"그럼 제가 공자님께 질문 하나 드려도 되겠습니까?"

　서연의 말이 끝나자 이젠 우칠이 물어왔다.

　"네, 괜찮습니다."

　"낮에 아가씨가 질문한 말입니다. 정말 아가씨의 병을 고칠 수 있으십니까?"

　우칠은 낮에 서연이 운영의 병명을 안다고 했던 게 계속해서 머릿속에 남은 모양이었다.

　그리고 혹시나 서연이 그녀의 병을 치료할 수 있는지도 모른다고 기대를 하는 듯했다.

　"글쎄요. 그것에 대해서 제가 드릴 말씀은 이것밖에 없네요. 치료는 가능하지만 완치는 힘들다."

"치료는 가능하지만 완치는 힘들다라. 그게 대체 무슨 말씀이십니까?"

"어렵지는 않지만 분명 완치가 힘들지요. 그뿐입니다."

우칠은 그런 서연의 말이 아리송해서 계속해서 물어왔으나 서연은 그 말 이외엔 그에게 들려주지 않았다.

그렇게 서연과 우칠이 다시 만난 날의 밤은 저물어져 갔다.

『천선지가』 3권에 계속…

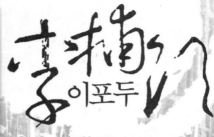

이포두
노주일 新무협 장편 소설
FANTASTIC ORIENTAL HEROES

청어람이 발굴한 신인 「노주일」
그가 선사하는 즐거운 이야기!

내 나이 방년 스물셋. 대륙을 휘몰아치는 전쟁에서
간신히 살아남아 고향으로 돌아왔다.
사실 전쟁은 이미 이기고 지는 건 문제도 아니었다.
단지 전후 협상만이 탁상공론으로 오고 갔을 뿐.
하지만 전쟁터에서는 항시 사람이 죽어 나갔다.
이유도 알지 못한 채 그냥.
그러던 차에 전후 협상처리가 되고 나서 전역했다.
그리고는 곧장 뒤도 돌아보지 않고 고향으로!

『이포두』

내 가족과 내 친구가 있는 곳으로!

Book Publishing CHUNGEORAM

유행이 아닌 자유추구 -
WWW. chungeoram.com

마 in 화산

FANTASTIC ORIENTAL HEROES

용훈 新무협 판타지 소설

무림공적, 천살마군 염세악!
검신 한호에게 잡혀 화산에 갇힌 지 백 년.

와신상담··· 절치부심··· 복수무한···

세월은 이 모든 것을 잊게 하고
세상마저 그를 잊게 만들었다.
하지만.

"허면 어르신 함자가 어찌 되시는지……"
우연한 만남, 자신도 모르게 튀어나온 원수의 이름.
"그게··· 한, 한호일세."

허무함의 끝에서 예기치 않게 꼬인 행로.
화산파 안[in]의 절세마인, 염세악의 선택!

Book Publishing CHUNGEORAM

유행이 아닌 자유추구
WWW.chungeoram.com

이민섭 新무협 판타지 소설

죽지 못하는 자는 살지 못하는 것과 같다.
그래서 그는 스스로를 무생(無生)이라 부른다.

『무생록[無生錄]』

은퇴한 기인들의 마을, 득도촌
그곳에서 가장 기이한 자는…
은거기인들마저 놀라게 하는 한 명의 청년

"그 무엇도 궁금해하지 말 것!"

부엌칼로 태산을 가르고,
곡괭이질로 산을 뚫는 자, 무생!

흘러 들어온 **남궁가의 인연**으로,
죽지 못해서 살아온 그가
이제 죽기 위해 무림으로 나선다.

살지 못한 자가 비로소 살게 되었을 때
천하가 오롯이 그의 것이 되리라!

Book Publishing CHUNGEORAM

유행이 아닌 자유추구 -
WWW. chungeoram.com

FUSION FANTASTIC STORY
천성민 장편 소설

짐승의 규칙

『무결도왕』 『다크로드 블리츠』
천성민 작가의 신간!

『짐승의 규칙』

살아야만 했다.
나를 위해 희생당한 부모님을 위해.
복수를 위해.

죽여야만 했다.
내가 살기 위해 타인의 목숨을.

그렇게……
나는 짐승이 되었다.

Book Publishing CHUNGEORAM